EL MANUSCRITO PERDIDO DE
EL PRINCIPITO

CRISTIAN PERFUMO

EL MANUSCRITO PERDIDO DE *EL PRINCIPITO*

SUMA
de letras

Papel certificado por el Forest Stewardship Council®

Primera edición: enero de 2024

© 2024, Cristian Perfumo
© 2024, Penguin Random House Grupo Editorial, S. A. U.
Travessera de Gràcia, 47-49. 08021 Barcelona

Printed in Spain – Impreso en España

ISBN: 978-84-9129-615-7
Depósito legal: B-19.361-2023

Compuesto en Mirakel Studio, S. L. U.

Impreso en Rodesa
Villatuerta (Navarra)

SL96157

A Federico Axat

Prólogo

Igual que un anciano centenario, el hotel Touring no solo ha visto morir a sus mayores, sino también a jóvenes llenos de vida. A su lado han cerrado, abierto y vuelto a cerrar zapaterías, librerías, quioscos, bares y tiendas de todo tipo y color. No hay comercio tan viejo como él en toda la ciudad de Trelew. Quizá en toda la Patagonia.

La fachada agrietada también da fe del paso del tiempo. Y en sus entrañas hay recuerdos en forma de fotografías y libros de registro que abarcan más de un siglo. Si abriéramos el que corresponde a 1930, encontraríamos que, durante tres noches de agosto, el huésped de la habitación 104 se llamaba Antoine y era francés. En la columna dedicada a la profesión figuraría «piloto de avión». Y, si pudiéramos viajar en el tiempo hacia ese crudo invierno e ingeniárnoslas para que Antoine nos permitiese sentarnos a su mesa, él dejaría a un lado la libreta en la que escribe frenéticamente y se entregaría a la conversación como si nos conociera de toda la vida.

Nos contaría que lleva un año viviendo en Argentina y que trabaja para la Compañía General Aeropostal, un servicio de correo por avión de capitales franceses que opera en todo el mundo. Nos explicaría además que tiene a cargo la ruta de la

Patagonia. Tres veces por semana se sube a su avión Laté 25 y recorre los dos mil cuatrocientos kilómetros que hay entre Buenos Aires y Río Gallegos, haciendo en total siete paradas.

Trelew es una de ellas. Debía durar dos horas, pero se ha extendido a varios días. Al avión se le ha roto uno de los tensores del ala izquierda y no podrán repararlo hasta que llegue el repuesto de Buenos Aires.

Si fuéramos una mujer, no nos costaría que el francés nos invitara a subir a su habitación. Nos sorprenderíamos al ver junto a la cama dos grandes bolsas de lona que desprenden un fuerte olor a combustible. Sin que se lo pidiéramos, nos explicaría que la correspondencia es sagrada.

Y si después de hacer el amor, mientras miramos al techo, le preguntáramos cómo se imagina su vida dentro de quince años, quién sabe qué nos diría. Siendo un gran piloto, quizá. Casado, quizá. Con hijos, quizá.

Imagine lo que imagine, ese hombre es incapaz de visualizar lo que realmente pasará. Ignora que habrá otra guerra mundial y que morirá al servicio de su país. Ignora que su nombre será conocido en todo el planeta. Ignora que, apenas unos meses antes de que su avión sea derribado por los nazis frente a Marsella, publicará un libro para niños que se transformará en el más vendido y traducido del siglo xx.

Durante esta noche fría en el hotel Touring, Antoine de Saint-Exupéry es un hombre más. Todavía faltan trece años para que publique *El principito*. Y catorce para que muera sin ver su éxito.

1

Tras dejar atrás las Torres Venecianas y la Fuente Mágica, encaré el último tramo de escaleras que subían la montaña de Montjuic. Al llegar a las gradas de cemento al pie del palacio que alberga el Museo Nacional de Arte de Cataluña, elegí sentarme lo más lejos posible de la mujer a la que llevaba una semana siguiendo. Me ubiqué entre una pareja de jubilados nórdicos y unas chicas asiáticas que se protegían del sol con sombreros anchos. Por algún motivo, aquella mañana no había ningún artista tocando música frente al museo ni vendedores ofreciendo *cerveza-beer-agua-cocacola*.

Desde que había llegado a Barcelona, hacía más de veinte años, las vistas desde las escalinatas del museo eran mis favoritas de toda la ciudad. Y aunque ese día no estaba allí para admirar el paisaje, me permití despegar la mirada de mi objetivo durante unos segundos. Los edificios a nuestros pies se percibían nítidos a pesar de la distancia.

Cuando volví a centrarme en la mujer, se había sentado en las gradas y soltaba el humo de un cigarrillo con displicencia. Aunque yo llevara siete días estudiando cada uno de sus movimientos, seguía sin poder creer que tuviera casi diez años más que yo. A base de ir al gimnasio tres veces por semana, su físico parecía detenido en los treinta a pcsar de que su edad real era cincuenta y uno. Se llamaba Rebeca Lafont y todo lo que tenía de elegante lo tenía de poderosa.

Según información pública, era dueña de la cadena de discotecas más grande de España. Según mis contactos en la policía, se sospechaba que estaba relacionaba con varias de las bandas de tráfico de drogas más importantes de Europa.

Por la forma en que miraba la ciudad, la imaginé intentando resolver un dilema. A mí también me gustaban los sitios así para pensar. Y, últimamente, vaya si necesitaba pensar.

Después de pasar media hora casi inmóvil, Rebeca Lafont se puso de pie. En vez de bajar hacia la plaza de España por donde había venido, caminó por un lateral del museo hasta unas escaleras maltrechas que descendían por la ladera de Montjuic atravesando una arboleda que con cada peldaño se volvía más sucia y descuidada. Me encontré siguiéndola por un campo minado de latas vacías, excrementos de perro y bolsitas pequeñas que habían contenido pastillas o cocaína. Barcelona es así. Puede ir de lo mejor a lo peor en ciento cincuenta metros.

Fui tras ella con cautela. Tras dejar atrás una pequeña fuente que no había visto el agua desde las Olimpiadas del 92, se metió por un camino que se cerraba bajo laureles y madroños sin mantenimiento que proporcionaban refugio a pájaros, erizos y turistas apremiados por necesidades fisiológicas.

Se detuvo a mirar algo en el teléfono. Con la cabeza inclinada, el vestido sin espalda reveló una piel por la que era muy difícil no volverse loco.

Estábamos justo a mitad de camino entre la zona turística y el barrio obrero, en un verdadero punto ciego de la ciudad. Lo que pasara entre esos matorrales solo lo verían los pájaros. Y lo que los pájaros vieron aquel día fue el brazo de una persona cerrándose sobre el cuello de otra hasta impedirle respirar.

Mi cuello.

Pataleé, me retorcí e intenté morder cuanta carne de mi atacante se me puso al alcance. Sin embargo, pronto se sumó un segundo hombre que me agarró por los tobillos con la fuerza de un gorila. Entre los dos me bajaron por las escaleras en ruinas sin que yo pudiera apenas resistirme. Ni siquiera se habían molestado en encapucharse.

Un minuto más tarde me habían metido en la parte de atrás de una furgoneta de alquiler. Me ataron de pies y manos sin pronunciar palabra. Después, uno me sostuvo con fuerza las pantorrillas mientras el otro me quitaba un zapato.

—¿Qué hacen? —pregunté por enésima vez.

Sus rostros permanecieron impasibles. Tendrían entre cuarenta y cincuenta años. Los tatuajes mal hechos y los agujeros en la dentadura hacían que fuera difícil estimarles la edad con más precisión.

El más corpulento me mostró unas tijeras de podar oxidadas.

—¿Para quién trabajas? —preguntó.

Me mantuve en silencio.

La herramienta se cerró con un chirrido desagradable a un palmo de mis ojos. Era vieja, muy vieja, y lo que un día había sido el filo ahora era un borde romo carcomido por el óxido.

—¿Alguna vez has intentado cortar carne con un cuchillo desafilado? Queda destrozada.

No supe si esperaba que respondiera, así que preferí callar.

—¿Para quién trabajas? —insistió.

Me tomé un segundo para decidir qué hacer. Sentí el metal frío en el dedo pequeño del pie. Si no hablaba, saldría de la furgoneta cojo para siempre. Pero, si lo hacía, el resultado podría ser mucho peor.

—Te lo voy a preguntar solo una vez más.

—No lo sé... —dije—. El encargo me llegó a través de un intermediario.

Las tijeras se cerraron con un nuevo ruido metálico. Apreté los dientes, pero el dolor no llegó. Al bajar la vista, vi que mi captor las había retirado apenas unos centímetros antes de cerrarlas.

A mi espalda, la puerta trasera se abrió y la furgoneta se bamboleó con el peso de un nuevo ocupante. El más delgado de los dos me agarró de los hombros y me giró para que pudiera ver quién acababa de entrar.

De un par de zapatos Gucci con estampado de piel de reptil nacían, fuertes como dos robles, las piernas de Rebeca Lafont.

La mujer me agarró del pelo y me obligó a mirarla a los ojos.

—A partir de ahora —anunció—, con cada respuesta que no me guste, Fernando te arranca un dedo del pie. Y cuando se te acaben, seguimos con las manos. Así que tú decides con cuántos muñones sales de aquí.

Tragué saliva y asentí con fuerza. Hacía una semana, los cien euros por día más gastos que había pactado con el cliente me habían parecido una pequeña fortuna. Ahora se me antojaban una miseria.

—Me llamo Santiago Sotomayor. Soy investigador privado.

—Eso ya lo sé. ¿Quién te contrató para que me siguieras?

—Mateo Vélez.

—¿Mi novio? —preguntó Lafont, con los ojos muy abiertos.

Los secuestradores intercambiaron una mirada de desconcierto. Ante un gesto de la mujer, el tal Fernando cerró un poco las tijeras hasta rasgar la piel del dedo.

—No, por favor. Es la verdad.

—¿Puedes probarlo?

—Tengo una cámara instalada en mi despacho.

Rebeca Lafont me miró con el ceño fruncido y la boca estirada en una sonrisa.

—¿En serio? ¿Mi novio? —volvió a decir, esta vez con más incredulidad aún.

—Pasa mucho, señora Lafont. El ochenta por ciento de mis clientes son personas que desconfían de sus parejas.

Ella asintió. La sonrisa, lejos de desaparecer, se hizo más grande. Después rio a carcajadas.

—No tengo por qué mentirle —insistí.

—Y yo que pensaba que era algo serio.

Tras negar un par de veces con la cabeza, Lafont se bajó del vehículo.

—¿Qué hacemos con él, jefa?

—Lo que corresponde —respondió, y cerró la puerta.

El de las tijeras se encogió de hombros y se llevó una mano detrás de la espalda.

—Lo siento mucho, amigo —dijo con fingido pesar.

—No, por favor. Yo no…

No tuve tiempo de terminar la frase. La mano de mi captor ya había vuelto a ser visible y ahora empuñaba una pequeña cartera de cuero.

—Perdone por los modales, señor Sotomayor —dijo, pasándose al usted y ofreciéndome un billete de doscientos euros—. Esperamos que esto sea suficiente para comprarse ropa nueva. La que lleva puesta ha quedado arruinada.

Acepté el billete. Las despensas de las dos casas que tengo a cargo se beneficiarían del dinero mucho más que mi ropero.

—A cambio, le pedimos que no hable de este malentendido con nadie. Y, por favor, deje de trabajar para el señor Vélez de inmediato.

Sin que nadie dijese una palabra más, me calcé, salí de la furgoneta y me alejé corriendo por las calles de Poble Sec como nunca había corrido en mis trece años de carrera.

2

Dicen que si un plan no funciona en papel es imposible que funcione en la vida real. Mi papel era una hoja de Excel, y mi plan, lo que tenía que ganar durante el próximo mes para pagar lo que le debía a Marcela, la cuidadora de mamá.

Tomé un mate mientras revisaba los números por enésima vez. Se habían vuelto más rojos todavía desde hacía dos días, cuando el incidente con Rebeca Lafont me había hecho perder a mi único cliente rentable.

Solo podía hacer frente a los gastos que se me venían si prescindía de la pequeña pocilga en la que vivía de alquiler en la rambla del Raval que usaba como casa y oficina. Pero sin un lugar donde atender a los escasos clientes que llegaban, sería el fin. Un granjero que se come la última vaca porque le da poca leche.

De fondo, Soda Stereo cantaba «tarda en llegar, y al final hay recompensa». Quedaba bonito para una canción, pero cuando se lleva veinte años remando en dulce de leche es difícil no perder la esperanza.

Sonó el timbre. En el interfono, una voz de mujer preguntó por el detective Santiago Sotomayor. No soy detective, sino investigador. Hay diferencias importantes a nivel legal y de titulación, pero si mis clientes quieren llamarme así, no voy a ser yo quien los corrija.

Con movimientos mecánicos, escondí el mate y el termo en un cajón del escritorio y cambié a Soda Stereo por Joan Manuel Serrat. En el primer encuentro con un cliente intentaba no mostrar mi lado argentino. La gente desconfía de lo que no conoce.

Abrí la puerta y maldije por no haber mirado antes por la mirilla. Apoyada en el umbral, con un vestido gris de ejecutiva ceñido al cuerpo, Rebeca Lafont me sonrió. En un acto reflejo, los ojos se me fueron por encima de su hombro.

—No se preocupe, que vengo sola. Buenos días para usted también.

Interpretó mi silencio como una invitación a entrar y sentarse en la silla frente a mi escritorio. Miró la hora en un reloj que valía más que todos los muebles de la oficina. Reparé en una vieja cicatriz en el mentón que no había notado hasta ahora. El maquillaje la disimulaba casi por completo.

—Una vez más, permítame disculparme por lo del otro día, señor Sotomayor.

—No habrá traído las tijeras de podar.

La mujer se rio y sacó de su bolso una cigarrera de plata.

—¿Le importa si fumo?

—Preferiría que no lo hiciera, pero, si lo necesita, adelante.

Lafont encendió un cigarrillo. No se podría decir que me tiró el humo a la cara, pero tampoco que apuntó para otro lado.

—Quiero contratar sus servicios.

Levanté la vista. Eso sí que no me lo esperaba.

—Últimamente estoy con mucho trabajo.

—Se nota. Por eso lo encuentro en su oficina un martes a las once de la mañana.

Le sostuve la mirada. Necesitaba dinero, pero más aún necesitaba seguir viviendo. Y algo me decía que para eso era mejor tenerla lejos.

—Al menos escúcheme antes de darme una respuesta.

—Muy bien. Cuénteme.

En parte me daba miedo llevarle la contraria y en parte no tenía nada mejor que hacer en todo el día que seguir lamentándome frente a mis finanzas.

—Usted es argentino, ¿verdad?

—Sí.

—Pues habla como si fuera español.

—Porque también soy español.

—Para este trabajo, necesito a un argentino.

Abrí el cajón del escritorio y saqué el termo. Cebé un mate y me lo tomé mirándola a los ojos.

—Decime qué necesitás y vemos si puedo ayudarte —le dije con perfecta entonación porteña.

Seguía sin intención de trabajar para ella, pero no pude resistirme a ver su reacción ante mi cambio de acento. En general, la gente se mostraba sorprendida y me preguntaba si en realidad yo era argentino o español, negándose a la posibilidad de que fuera ambas cosas. Estamos acostumbrados a que un objeto puede ir en una caja o en otra, pero nunca en dos a la vez.

Ella, en cambio, apenas hizo una mueca de reconocimiento.

En un teléfono de última generación me mostró la foto de una mujer joven posando frente a unas montañas grises y afiladas. Por encima de la bufanda asomaba una sonrisa preciosa. Las enormes formaciones de granito que emergían detrás de ella parecían la boca de un tiburón gigante.

—Es mi hija. Se llama Ariadna. Esta foto es en la cordillera de los Andes, en la Patagonia argentina.

Observé más de cerca la imagen. La sonrisa y la forma de los ojos eran idénticas a las de su madre. Sin embargo, Ariadna no había heredado la piel color oliva ni los ojos negros, y por lo tanto tampoco la etiqueta de morenaza mediterránea.

La hija de Rebeca Lafont tenía una belleza de más al norte. Quizá celta. Quizá nórdica.

El pelo no era lacio como el de su madre, sino que caía con ondulaciones suaves y bien definidas. Tenía un tono rojizo que me recordaba a la olla de cobre que mi abuelo usaba para hacer garrapiñadas.

Hice *zoom* sobre la cara. Una sutil franja de pecas le cruzaba la nariz y los pómulos, subrayando los intensos ojos azules. Pero no el azul frío del hielo o del acero, sino el de un mar cálido en el cual era imposible no querer zambullirse.

La fotografía me dio dos certezas. La primera era que, a pesar de las diferencias físicas, Ariadna Lafont había heredado la belleza magnética de su madre. Y la segunda, que rondaba los treinta y cinco años, por lo tanto Rebeca la había tenido cuando era adolescente.

—Ariadna está terminando su doctorado en Historia en la Universidad Autónoma de Barcelona. Viajó a la Patagonia para acabar su tesis sobre Antoine de Saint-Exupéry.

—¿El autor de *El principito*?

—Ese mismo. Siempre ha estado obsesionada con él. Desde pequeña, Saint-Exupéry es su mundo. Y resulta que el hombre vivió un tiempo en Argentina.

—No lo sabía.

—Yo tampoco.

—¿Le ha pasado algo a su hija?

La mujer volvió a mirar la foto en el teléfono.

—Es lo que quiero que descubra. Se fue para tres meses, pero lleva allí casi un año.

—¿Tienen contacto?

—Sí, me llama todas las semanas.

—No sé si entiendo.

—Necesito que averigüe lo que Ariadna no me cuenta. Pasa algo. Lo sé porque soy su madre.

—¿Cree que está en peligro?

—Podría estarlo.

La mujer le dio una larga calada al cigarrillo.

—Creo que se ha metido en una secta. A los dos meses de llegar a Argentina, dejó el hotel donde se hospedaba y se fue a vivir con un hombre.

—Hay amores que van muy rápido —sugerí.

Me arrebató el teléfono con un gesto reprobatorio y me mostró otra foto en la que su hija posaba junto a un hombre mayor, también de ojos azules, al que ya casi no le quedaba pelo en la cabeza.

—Se llama Cipriano Lloyd y tiene setenta y cinco años. Casi podría ser su abuelo. Y lo que más me preocupa es que viven juntos en un campo alejado de todo.

Yo, como la mayoría de los porteños, desconocía por completo la zona. Casi todo lo que sabía sobre la Patagonia era por unas novelas de misterio a las que me había aficionado hacía poco. Al parecer, en esos campos había casas cuyo vecino más próximo podía estar a quince o veinte kilómetros.

—Me gustaría contratarlo para que viaje allí y se entere de por qué mi hija está viviendo con un viejo en medio de la nada. El pueblo más cercano se llama Gaiman, y aunque no tengo la dirección exacta de Lloyd, no creo que le cueste averiguarla.

—Señora Lafont, ¿por qué quiere contratarme justamente a mí? Después de todo, no hice un gran trabajo para su novio.

—Cualquiera hubiera confesado en esa situación, Sotomayor. Y si lo descubrí siguiéndome fue por una enorme casualidad.

—¿Cuál, si se puede saber?

—Una de mis empleadas desayuna en la misma cafetería que usted.

Fingí hacer memoria, pero sabía perfectamente de quién me hablaba.

—¿Una rubia, muy alta, con un cuerpo despampanante?

—Correcto. Se llama Rocío y trabaja en una de mis discotecas.

Cerré los ojos, avergonzado. La tal Rocío, una buena mañana, me había pedido el cargador del móvil desde la mesa de al lado. Después me había dado conversación hasta hacerme sentir tan a gusto que bajé la guardia. En general, no suelo ir diciendo por la vida que soy investigador privado, aunque tampoco lo oculto si no estoy en medio de un servicio. Como sea, esa mañana no pude resistir decirle a esa mujer a lo que me dedicaba —algo que siempre era recibido con asombro y curiosidad—. Sospeché en ese momento que estaba cometiendo un error y lo comprobé al día siguiente, cuando marqué el número que me había dado y una grabación me respondió que la línea no existía.

—Una vez que Rocío me contó que un investigador privado tenía fotos mías en el móvil, comprenderá que usted se haya convertido en el cazador cazado.

Asentí en silencio.

—Pero en esas averiguaciones también supe que es muy bueno en su trabajo. Sobre todo para no tener la licencia de detective privado.

Joder. Sí que me había estudiado a fondo.

—Aunque sospecho que es tan bueno en su trabajo justamente porque carece de licencia. Tiene que esforzarse más que el resto para que lo contraten. ¿O me equivoco?

—No se equivoca.

—De esto lamentablemente sé bastante. Bueno, resumiendo, quiero contratarlo porque sé que es un gran investigador y porque puede hacerse pasar por argentino.

—Soy argentino.

—A eso me refería.

—Parece un trabajo interesante y no le niego que me gustaría visitar la Argentina. Llevo años sin ir. Pero le repito que no dispongo del tiempo.

—Sospecho que podría pagarle más que cualquiera de sus actuales clientes.

Remató sus palabras con una mirada teatral al despacho.

—No es solo una cuestión de dinero. En este momento no me va bien salir del país.

—¿Teme por su madre enferma?

Esas cinco palabras tenían más filo que las mejores tijeras de podar. No solo porque la mujer supiese sobre el estado de mi madre, sino porque su mirada fría hacía imposible saber si acababa de enunciar una pregunta inocente o de lanzar una amenaza.

3

Me bajé del metro en plaza de Sants y caminé por la calle Cros hasta el portal de casa de mi madre. Subí los tres pisos por las escaleras —no por hacer ejercicio, sino porque la finca no tenía ascensor—. Al abrir la puerta me recibió la música que, según Marcela, la mujer que cuidaba a mi madre desde hacía dos años, bailaba toda Honduras.

La figura frágil de mamá, de pie en el comedor, contrastaba con las redondeces de Marcela. Ninguna de las dos se percató de mi presencia. Me quedé mirándolas. Marcela abrazaba a mi madre y la movía con delicadeza al ritmo de la punta hondureña. Mi madre no paraba de sonreír.

—¡Santiago! ¡Ven a bailar con nosotras! —dijo Marcela al verme.

—¿Bailar, yo? Imposible. Tengo dos piernas izquierdas.

—Eso es una más de las que tiene mi tío Pepe y baila igual. Así que ven.

Me acerqué y las saludé con dos besos. Mi madre siguió bailando sin dar acuse de recibo.

—¿Qué haces por aquí tan temprano? —preguntó Marcela—. Además, ¿hoy no venía tu hermana?

—Sí, pero tenía ganas de comer en familia.

—Oh, pero qué suerte tenemos hoy, Ramona. Vas a estar con tus dos hijos.

Mi madre respondió con una sonrisa que fue más consecuencia del tono que de las palabras.

—Si querés, podés irte, Marcela. Yo me encargo de mamá.

Con Marcela, al igual que con la mayoría de los latinoamericanos, yo elegía usar mi acento argentino. Había sido una decisión inconsciente, pero con el tiempo aprendí que facilitaba una complicidad que no solía surgir si usaba mi acento español.

Marcela miró el reloj del comedor.

—Falta una hora y media para que termine mi turno.

—Da igual. Aprovechá para darte una vuelta. Disfrutá un poco, que no te va a venir mal. Es lo menos que puedo hacer, considerando la situación.

—Con respecto a eso, Santiago… No sé cómo decírtelo.

—Así: Santiago, me debés un mes de sueldo. Soy una inmigrante sin papeles que necesita cobrar para sobrevivir y ayudar a mi familia en Honduras. Así que, por favor, pagame de una puta vez.

—Yo jamás te hablaría así.

—¿No es cierto lo que digo?

—Sí, es cierto —dijo mirando el suelo.

—Escuchá, Marcela. Sé que te debo dinero y que lo necesitás. Te prometo que esta semana, cueste lo que cueste, te pago lo del mes pasado y lo de este. Mi trabajo está muy mal y de la situación de mi hermana… mejor ni hablar.

Como si hubiese estado planeado, en ese momento Romina entró por la puerta empujando el cochecito doble con sus gemelos de seis meses.

—Llegaron los nietos más bonitos del mundo —anunció.

Eva, mi sobrina de ocho años, salió de detrás de su madre y corrió a darme un abrazo. Como mi hermana no se había percatado de mi presencia, le guiñé un ojo a la niña y nos escondimos detrás de la puerta de la cocina.

Cuando tuvimos a Romina a tiro, nos acercamos por detrás y le hundimos los índices en las costillas. Dio un grito que seguramente escucharon todos los vecinos. Eva estalló en una carcajada tal que casi se le caen sus gafas de color lila.

—Joder, Santiago, me vas a matar de un susto. ¿Qué hacés acá?

Mi hermana y yo habíamos desarrollado un dialecto propio. Mezclábamos el acento español y el argentino indistintamente. A veces pronunciábamos *shuvia* y *grazias* en la misma frase. Con ella era con la única con la que podía mezclar sin sentirme juzgado. Para el resto del mundo, o hablaba como español o como argentino, pero no como un híbrido.

—Vine a comer con vos y con mamá —anuncié.

Mi hermana me miró con desconfianza mientras aparcaba el carrito contra una pared.

—¿Estás seguro de que no quieres que me quede para darle la comida? —me preguntó Marcela.

—No. Entre nosotros nos encargamos. Gracias igualmente.

—Te encargarás vos. Yo ya tengo tres que cuidar —acotó mi hermana.

—Yo me encargo —rectifiqué.

Marcela se fue y me puse a calentar la comida que ella había dejado preparada: milanesas, gazpacho y tortillas de maíz. Era una representación perfecta de las tres nacionalidades de la casa. Unos minutos después, mi hermana entró a la cocina con nuestra madre agarrada al brazo.

—Se acaban de alinear los planetas: los gemelos dormidos y Eva jugando con mi teléfono. ¿Te ayudo?

—No. Descansá mientras puedas —le dije, señalando las sillas junto a la pequeñísima mesa plegable—. Sentate y contame cómo estás.

—Bien. Eva un poco celosa, pero es normal. Durante ocho años fue la reina de la casa y ahora tiene que compartir protagonismo.

—¿Antonio qué tal?

—Bien. Tirando.

Antonio era su marido. No le pregunté si había encontrado trabajo porque, de ser así, mi hermana me lo habría contado. Lo habían echado hacía un año y medio del banco en el que trabajaba y desde entonces no había conseguido más que chapuzas sueltas.

—¿Tus cosas? —me preguntó.

—Me acaban de ofrecer un trabajo que nos puede venir genial.

—¿«Nos» puede?

—A nuestra familia. Le debemos un mes y medio de sueldo a Marcela y sé que, si tuvieras para pagarle, ya lo habrías hecho.

Por toda respuesta, mi hermana se llevó un trozo de pan a la boca y lo masticó despacio.

—El único problema es que tendría que viajar a Argentina.

La frase la puso en alerta.

—¿Y quién se va a quedar con mamá cuando Marcela tiene libre?

—Es por un tiempo, nada más. Un par de semanas. Un mes, como mucho.

—¿Un mes? ¿Vos tenés la menor idea de lo que significa tener tres hijos, dos recién nacidos?

—A lo mejor Antonio podría ayudarte.

—¿En qué me va a ayudar? Antonio se ha convertido en un inútil funcional.

Mi madre soltó un gruñido. Era lo más parecido a reñirnos que su enfermedad le permitía. Romina le dio un beso en la mejilla y la llevó al comedor.

Al volver, me habló en voz baja.

—No te podés ir.

—Si no me voy, perdemos lo poco que tenemos.

—¿Qué tenemos?

—A una persona que cuida de mamá mientras nosotros seguimos con nuestras vidas. ¿O te ves capaz de despedir a Marcela y llevarte a mamá a tu casa?

—Sabés que eso es imposible.

—Para mí también. Si mamá está conmigo, no puedo trabajar. Necesitamos que alguien la cuide. Ya lo hemos hablado.

Mi hermana me miró a los ojos y negó ligeramente con la cabeza. Supe exactamente lo que iba a decir.

—No pensarás volver a sacar el tema de la residencia —le advertí.

—¿Por qué no?

—Por lo mismo que todas las otras veces. Si la metemos en una residencia, la perdemos.

—¿No la perdimos ya?

—Romina, por favor. No seas...

—Realista. Soy realista. Y la realidad es que en esta situación no te podés ir.

—¿Querés que lo perdamos todo? ¿Por tercera vez?

—No seas catastrófico.

—¿Te pusiste a pensar qué harías si nos vuelve a pasar? No sé vos, pero yo no tengo fuerza para otra.

Mi hermana chasqueó la lengua y se rascó la nuca, que era lo más parecido a darme la razón a lo que sabía llegar.

—¿Qué proponés exactamente?

—Le pedimos a Marcela que se quede con mamá también los sábados. Yo voy a Argentina, hago el trabajo y con lo que cobre podemos pagarle lo que le debemos.

—¿A Argentina? ¿Puedo ir contigo, tío Santi?

Eva entró corriendo a la cocina y me abrazó.

—¿Me llevas? Por favor. Quiero conocer Argentina. Allí está enterrado el abuelo Benjamín, ¿no?

Mi hermana y yo cruzamos una mirada.

Levanté a Eva en brazos y le di un beso en esas mejillas redondas y preciosas. Como cada vez que la alzaba, me pregunté si sería la última. Con ocho años, ella no iba a permitírmelo durante mucho más tiempo. Con veinticinco kilos, mi espalda tampoco.

—Por supuesto que vas a venir conmigo a Argentina —le dije.

—¿En serio?

—En serio, aunque no esta vez porque el tío va por trabajo. Pero algún día iremos juntos, ¿te parece?

Eva me miró a los ojos a través de sus pequeñas gafas y luego me ofreció el dedo meñique.

—¿Me lo prometes?

Entrelacé mi propio meñique con el de ella.

—Te lo prometo. Ahora ve un rato al comedor, que tengo que terminar de hablar con tu madre. No te olvides de que antes de ser tu madre era mi hermana. Yo la conozco desde hace más tiempo y la quiero más.

—¡No! ¡Yo la quiero más! —protestó Eva antes de desaparecer por donde había venido.

—¿Qué vamos a hacer los domingos? —preguntó Romina en cuanto volvimos a estar solos.

—Te juro que te los voy a compensar cuando vuelva. Cada uno.

—Santiago, no tenés ni idea de lo que significa el posparto. Estás pisando sobre hielo muy fino.

—Hace media vida que camino sobre hielo fino. Y vos también. Veintiún años el mes que viene. Este trabajo no nos va a resolver todos los problemas, pero al menos podremos respirar. ¿No tenés ganas de respirar?

Mi hermana me miró a los ojos.

—Más te vale que sepas lo que estás haciendo.

Por toda respuesta, le di un abrazo y un beso en la frente.

Esa misma tarde llamé a Rebeca Lafont.

—Me ha convencido. Acepto el trabajo.

—Buena decisión.

—¿Cuándo quiere que viaje?

—Cuanto antes, mejor. La semana que viene Ariadna dará una charla sobre Saint-Exupéry en la embajada francesa en Buenos Aires. Le será útil asistir para conocer su trabajo.

—Envíeme instrucciones para comprar la entrada.

—No es un evento abierto al público. Le he pedido a Ariadna una invitación para un conocido en Buenos Aires descendiente de franceses y muy interesado en Saint-Exupéry. Me ha puesto en contacto con los organizadores del evento y he conseguido que agreguen su nombre a la lista. Esa noche usted será Andrés Grandperrin. ¿Sabe algo de francés?

—Ni una palabra.

—Bueno, tampoco es imprescindible. Argentina está llena de descendientes de italianos que no saben ni cantar el *Tanti auguri*. ¿Alguna duda?

—Sí. ¿Por qué una estudiante de doctorado da una charla en una embajada? ¿Algo así no le pega más a un académico con años de carrera?

—Ariadna sabe tanto de Saint-Exupéry como un biógrafo. Además, cuando se propone algo, no hay quien la pare. Cuando la conozca, lo entenderá.

Cuatro días más tarde estaba en un avión rumbo a Buenos Aires. Era la primera vez en veinte años, once meses y siete días que volvía a la ciudad donde me había criado.

4

Curioso que, después de vivir dos décadas a apenas ciento cincuenta kilómetros de la frontera francesa, mi primer champán lo fuera a probar en el extremo norte de la avenida 9 de Julio, en pleno Buenos Aires.

Me alisé la corbata, metí las manos en los bolsillos del traje y atravesé el pequeño jardín hasta la puerta de un palacete que parecía haber sido trasplantado de París. El elegante hombre que custodiaba el acceso verificó en su tablet que el nombre Andrés Grandperrin estuviera en la lista, y creo que me deseó en francés que disfrutara de la velada.

Por dentro, la embajada francesa en Argentina era igual de imponente que por fuera. Discretos carteles y cuerdas de terciopelo me guiaron por salas con frescos en los techos, estatuas de bronce y artesonados de madera dignos de un museo. En el salón principal, un centenar de personas vestidas de punta en blanco charlaban en grupos sin levantar demasiado la voz. Debajo de una araña de cristal, una mujer tocaba Chopin en un piano de cola.

—*Champagne, monsieur?* —me ofreció con gesto amable un camarero vestido de blanco que sostenía una bandeja con copas largas.

Probé la bebida. No noté gran diferencia con el cava catalán que compraba mi hermana para Fin de Año.

Como muchos de los que iban llegando a la sala, me dediqué a mirar los óleos y las obras de orfebrería que la decoraban mientras observaba con disimulo a los demás asistentes.

No tardé en ubicar a Ariadna Lafont. Era la única mujer joven en un grupo compuesto en su mayoría por hombres septuagenarios calvos o peinados con gomina. Hablaba con un entusiasmo contagioso, alternando el castellano y el francés según a quién se dirigía. Sus interlocutores asentían y le respondían con sonrisas.

Llevaba un traje azul discreto, con falda hasta la rodilla y chaqueta entallada que le hubiese dado un aire de azafata de no ser por la melena cobriza que se movía sobre sus hombros con cada gesto. En persona, Ariadna Lafont desplegaba una belleza imposible de capturar en ninguna fotografía.

—Preciosa, ¿verdad? —preguntó a mi espalda una voz con fuerte acento extranjero.

Al girarme, me encontré con los ojos más impactantes que había visto en mi vida. Eran de un color marrón oscuro, casi negro, y estaban enmarcados en unas pestañas largas como toboganes. Me tomó un segundo despegarme de ellos para observar a su portadora.

—La pintura. Digo que es preciosa —repitió ante mi mutismo, señalando un óleo en la pared en el que una mujer en armadura montada sobre un caballo atravesaba una calle llena de gente vitoreándola desde los balcones.

—Absolutamente —dije.

—Sobre todo por los tiempos en que vivimos —añadió—. Juana de Arco sí que era una mujer empoderada.

Sin darme tiempo a que le respondiera, sacó del bolsillo un teléfono protegido por una funda dorada con un círculo recortado estratégicamente para que se viera el logo de la manzanita.

—¿Te importaría hacerme una foto con la pintura de fondo? —preguntó, poniendo el aparato en mis manos.

—Por supuesto.

En cuanto la enfoqué con la cámara, levantó la copa a la altura del pecho e hizo sobresalir un poco los labios, como si me estuviera tirando un sutil beso.

—Haz varias, por favor.

Podría haberme quedado allí horas, mirando a través de la pantalla los pliegues de ese vestido rojo que le quedaba pintado sobre la piel morena.

Cuando le devolví el teléfono, me tendió una mano para saludarme.

—Soy Jane Winterhall.

—Andrés Grandperrin.

—¿Francés?

—No, argentino, pero de ascendencia francesa. ¿Vos?

—Australiana.

Asentí. Siempre me había imaginado a las australianas rubias y de ojos claros.

—Creo que eres una de las pocas personas que no me hace un comentario sobre animales peligrosos cuando le digo de dónde vengo.

—Estaba a punto. ¿Es verdad que hay koalas asesinos?

Jane Winterhall puso los ojos en blanco y cazó al vuelo dos copas de la bandeja de un camarero.

—¿Tú también has venido solo? —me preguntó, ofreciéndome una.

—Sí.

—¿Estás trabajando?

Señalé alrededor.

—De una manera u otra, acá todos estamos trabajando.

Se sonrió.

—Es cierto.

—¿A qué te dedicás? —le pregunté. Tenía muy bien estudiada la ficha de mi personaje, pero había algo en la seguridad de esta mujer que me decía que era mejor evitar que la conversación girara en torno a mí.

—Soy marchante de literatura. ¿Sabes lo que es eso?

Lo sabía. De casualidad, pero lo sabía. Hacía unos años había ayudado a uno a encontrar a la madre biológica de su hija adoptiva.

—Ni idea —dije—. ¿Escribes?

—No, qué ocurrencia. Compro y vendo primeras ediciones, obras firmadas por el autor o manuscritos.

Dijo esto último desviando la mirada hacia Ariadna Lafont, que seguía encantando a sus interlocutores.

Como si estuviera planeado, un hombre subió a la pequeña tarima junto al piano de cola y dio dos golpecitos en un micrófono.

—*Bonsoir.* Buenas noches —dijo—. En nombre del embajador, les doy las gracias a todos por visitarnos en una fecha tan especial. Hoy celebramos los noventa y cuatro años de la llegada del querido Antoine de Saint-Exupéry a la Argentina.

Tras un breve discurso bilingüe del embajador, el maestro de ceremonias invitó a Ariadna Lafont al pequeño escenario.

Las luces de la sala se atenuaron y una foto en blanco y negro apareció sobre una pantalla detrás de Ariadna. La imagen mostraba a un hombre de ojos saltones, nariz respingona, papada pronunciada y un pelo negro ralo que no llegaba a cubrir ni la mitad de la cabeza.

—Siempre me imagino las embajadas como puentes entre dos países —comenzó diciendo Ariadna—. Y este hombre dedicó su vida entera a construir puentes al mando de su avión. Como la mayoría de los presentes sabrá, Antoine de Saint-Exupéry vivió durante un año y cuatro meses en Buenos Aires, trabajando como piloto de la Compañía General Aeropostal. Llevaba y traía de la Patagonia el correo que venía de Europa, África, Paraguay o Brasil. Si eso no es tender puentes...

Un aplauso recatado recorrió la sala.

—Hoy, que celebramos el aniversario de su llegada a la tierra donde conoció a Consuelo, su esposa y la inspiración detrás de la rosa de *El principito*, sería apropiado hacer un repaso de la vida de este constructor de puentes. Pero tengo la suerte de poder homenajearlo de una manera más especial, que además a ustedes les resultará menos soporífera.

Los asistentes rieron todo lo que permiten los corsés y las corbatas. Ariadna Lafont apretó el botón de un pequeño mando a distancia y en la pantalla apareció una página amarillenta, escrita hasta los márgenes con una letra apretada en tinta azul. Había tachones sobre algunas palabras y acotaciones en rojo en los márgenes.

—Hoy tenemos el honor de que nos acompañe el profesor Reg Garvey, de la Universidad de Nueva York, quien ha dedicado gran parte de su vida al estudio de la obra de Saint-Exupéry. Démosle la bienvenida.

Acompañado de un aplauso, un hombre de unos sesenta años, gafas redondas, bastante sobrepeso y un bigote tupido se separó de la multitud y subió a la tarima.

Habló durante diez minutos sobre la importancia de Saint-Exupéry no solo para Francia y Argentina, sino también para Estados Unidos. Al terminar, felicitó a Ariadna por la brillante carrera que estaba haciendo a pesar de llevar pocos años en el mundo académico. Ella le agradeció y retomó la palabra.

—¿Qué puede decirnos de la imagen en la pantalla? —dijo, señalando la página proyectada.

—Que sin lugar a dudas se trata de la escritura autografiada de Antoine de Saint-Exupéry.

Ariadna se llevó una mano al pecho y simuló respirar aliviada.

—Menos mal. Si no, mi revelación habría sido un chasco.

Otra vez, risas entre los asistentes.

—Ahora en serio. ¿Qué más puede decirnos?

El hombre señaló con un puntero láser una frase.

—*Les collines, sous l'avion, creusaient déjà leur sillage d'ombre dans l'or du soir* —leyó con muy buena pronunciación.

—Las colinas, bajo el avión, cavaban ya su surco de sombra en el oro del atardecer —tradujo Ariadna, dirigiéndose al público—. ¿A alguien le suena esta frase?

A mi lado, Jane Winterhall dejó de hacer fotos por un momento y levantó la mano con el mismo entusiasmo que un niño que se sabe la respuesta de la maestra. Toda la embajada se giró hacia nosotros. Adiós a pasar desapercibido.

—*Vol de nuit* —dijo la australiana.

Ariadna asintió de una manera que me pareció que no solo reconocía la respuesta, sino que saludaba a Jane. Después, sus ojos se cruzaron durante una fracción de segundo con los míos.

—Excelente —dijo—. Es la frase que abre *Vuelo nocturno*, la novela que escribió Saint-Exupéry mientras vivía en Argentina y hacía vuelos a la Patagonia.

Otro murmullo en la sala.

—Señor Garvey —continuó Ariadna con un tono teatral—. ¿Sabe en qué lugar del mundo se encuentra el manuscrito original de *Vuelo nocturno*?

—En la Biblioteca Nacional de París.

—O sea, que esta foto es de un manuscrito que está en París.

—De ninguna manera.

Ariadna señaló hacia la audiencia, invitándolo a que se explicara.

—Pasé un año como académico visitante en esa biblioteca. Estudié el manuscrito durante semanas. Esta página no pertenece a él.

—Por lo tanto, ¿se trata de una página perdida, quizá? —preguntó Ariadna, divertida.

—No. Al de la Biblioteca Nacional no le falta ninguna. Y mucho menos la primera.

—¿Entonces?

—Entonces este es otro manuscrito.

Ariadna se puso de pie y señaló la pantalla con un gesto triunfal. La imagen de la página amarillenta se alejó para dejar ver decenas de hojas similares dispuestas en una cuadrícula.

—Señoras y señores, no veo mejor manera de celebrar este aniversario que anunciando la aparición de un manuscrito original de Antoine de Saint-Exupéry en la Patagonia argentina.

La reacción esta vez no fue un murmullo. Ahora la gente hablaba entre sí y varias manos se alzaron en el aire, pidiendo la palabra.

—¿Cómo lo encontró?

—¿Dónde?

—¿Qué dice?

—¿Está a la venta?

Ariadna esperó con una sonrisa a que retornara la calma.

—Es todo muy reciente y todavía debo estudiarlo a fondo. Llevará tiempo. Como ven, los manuscritos de Saint-Exupéry no eran nada limpios. Por suerte, el dueño es una persona muy consciente del valor histórico de estas páginas y está teniendo mucha paciencia conmigo. Publicaré todo en un artículo académico en cuanto acabe mi análisis. Mientras tanto, los invito a continuar disfrutando de esta velada.

—Ves lo que está haciendo, ¿no? —me comentó por lo bajo Jane Winterhall.

—¿Presentando un descubrimiento?

—Preparando el mercado. Esta charla es un anuncio de venta encubierto. De aquí saldrán decenas de personas hablando de ese manuscrito y pronto comenzarán a llegarle ofertas.

Sin decirme nada más, Jane Winterhall se unió a la mayoría de los asistentes que se acercaban a hablar con Ariadna. En el trayecto, hizo un par de paradas para hacer selfis con algunas personas.

Me giré para buscar al camarero más cercano, pero mi mirada se cruzó con la de un hombre bajo, calvo y con ojos de gato que hablaba y reía con otros tres. Tuve un momento de desconcierto. No podía ser. El alcohol y los recuerdos me estaban jugando una mala pasada.

Al oír su voz, se me heló la sangre.

Era él.

No había duda. Esa voz de pito era la misma que dos décadas atrás había dicho: «Hemos tenido que adoptar una medida transitoria de limitación a la extracción de dinero en efectivo». Esa voz de pito había anunciado, con una mezcla estudiada de palabras difíciles y suavizadas, el corralito, una medida del gobierno argentino que impedía que la gente accediera a los ahorros que tenía en el banco. Esa voz de pito, que había salido de la garganta del ministro de Economía, dio el puntapié inicial a una de las crisis más grandes de la Argentina. Que ya es decir mucho.

Pero yo no odiaba a ese político por haber jodido a un país entero. Lo mío era más personal. Lo odiaba porque había matado a mi padre.

5

Quien más, quien menos, todos hemos detestado a un gobernante en algún momento. Pero la gran mayoría de nosotros ignora qué haría si tuviera la oportunidad de encontrarse cara a cara con él. O quizá, como yo, tiene un discurso ensayado durante veinte años y a la hora de soltarlo se da cuenta de que no servirá de nada.

Procurándome una nueva copa de champán, me acerqué al grupo. El exministro elogiaba al difunto Jacques Chirac.

La rueda se amplió para que me incorporara. Las bondades de una fiesta llena de desconocidos es que no hay prejuicios. Pocas otras situaciones habrían admitido que un muerto de hambre como yo compartiera charla con un economista con suficientes posgrados en Harvard como para acelerar la destrucción de un país entero.

—Por lo poco que lo traté, me dio la sensación de ser un hombre agradable y muy cercano —dijo el exministro.

—Monsieur Chirac era todo un caballero —agregó uno de los interlocutores.

Supuse que, igual que un cirujano se acostumbra a lidiar con la muerte y la normaliza, los políticos terminan siendo impermeables a las desgracias de los pueblos. De otra manera, no podrían seguir viviendo, asistiendo a fiestas y recordando los buenos modales de un colega que había recibido una parodia del Nobel de la Paz por reactivar las pruebas atómicas en el Pacífico en el 50 aniversario de Hiroshima.

—Usted, monsieur, ¿sigue en activo o está retirado? —le preguntó un hombre a su derecha.

—Trabajo cada vez menos, pero no creo que logre nunca retirarme por completo.

—Quizá debería intentarlo.

Todos me miraron.

Juro que me salió del alma, sin pensarlo en absoluto.

—Sospecho que no es usted un gran simpatizante mío —me dijo el exministro con una sonrisa condescendiente.

«Cuesta simpatizar con alguien que le metió la mano en el bolsillo a millones de trabajadores», pensé. Pero por fortuna tuve la templanza para callar. Provocarlo no podía llevar a nada bueno. Además, habiendo millones de personas que lo odiaban, no sería yo quien le dijera el improperio más fuerte ni el más original.

Aunque, sobre todo, callé porque a menos de diez metros Ariadna seguía hablando y sonriendo.

—No me refería a eso —aclaré—. Faltaría más. Igualmente, ¿a quién se le ocurriría ponerse a hablar de política en una velada tan exquisita? Me refería a que el noventa y seis por ciento de las personas que continúan trabajando después de la edad jubilatoria manifiestan arrepentirse de la decisión en años posteriores.

Ante mi dato —por cierto, absolutamente inventado— se hizo un silencio en el grupo. El exministro sonrió.

—Trabajo en una consultora especializada en hábitos de gente mayor —expliqué.

—En ese caso, yo sin duda pertenezco al restante cuatro por ciento. No podría vivir sin trabajar. Disfruto demasiado de mi profesión.

«Disfruta». El hijo de puta había usado esa palabra.

Tuve que hacer un esfuerzo sobrehumano para sonreír mientras en mi cabeza se reproducían, como en una película triste, la letanía de desgracias que este hombre había causado en mi familia: ruina económica, enfermedades, desahucios, exilio y muerte.

El estómago me ardía. No tenía nada claro que no fuese a vomitar allí mismo. Entonces perdería el anonimato sin siquiera la satisfacción de haberle dicho cuatro verdades a este energúmeno.

—Que disfruten del resto de la noche, señores —fue todo lo que pude decir antes de enfilar en dirección a la salida.

6

Salí del edificio y me apoyé en la verja de metal que separaba el territorio francés del argentino. Ya era de noche y Buenos Aires olía a Buenos Aires. A humedad, a contaminación, a árboles y al humo de mil parrillas.

Me dispuse a caminar en dirección al obelisco por la avenida 9 de Julio.

—¿Estás bien?

Al girarme, me encontré con Jane Winterhall.

—Sí, necesitaba tomar un poco de aire. No estoy acostumbrado al champán.

—Tampoco a reuniones como esta, ¿no?

—¿Tanto se nota?

—Un poco. ¿Qué hacías ahí?

—Me invitó un amigo que es fanático de Saint-Exupéry.

—No será tan buen amigo si te encuentras mal y no ha salido contigo.

—No, es que al final no pudo venir. Vine solo.

Jane Winterhall me miró de arriba abajo y sonrió con una mueca divertida.

—*Sure* —dijo en inglés—. Si tú lo dices. Oye, no es mi intención ser indiscreta, pero ¿puedo preguntarte quién era ese hombre con el que hablabas? Mucha gente en la embajada lo miraba.

«Qué buena pregunta», pensé. Un libro de historia diría que era un exministro de Economía. Un argentino promedio diría que era un vendepatria. Yo diría que era el motivo de la debacle de mi familia.

—Un político.

—Por la forma en que lo mirabas, supongo que del partido contrario al que tú votas.

¿Cómo resumirle a una australiana la política argentina? ¿Cómo explicarle que un mismo partido puede ser neoliberal en una década y socialista en la siguiente?

—Algo así.

—¿Algo así? ¿Es o no es de los contrarios a los que tú votas?

—Vos, como el principito, no renunciás nunca a una pregunta, ¿no?

Jane Winterhall me pidió disculpas con un gesto. El ruido de la avenida rellenó nuestro silencio.

—¿Para qué saliste detrás de mí?

—Pues no lo sé. Supongo que me has caído bien y quería despedirme. Vivo en Nueva York y vuelvo en unos días. También, debo admitir, por curiosidad.

—¿Curiosidad?

—No pude evitar oír la conversación que tuviste con él. O voy muy errada o estuviste a punto de meter la pata.

Me miré los pies, sin tener idea de qué contestarle.

—Una embajada es el lugar por excelencia donde ejercer la diplomacia —respondí.

—Pues lo has hecho muy bien, pero has quedado bastante afectado. Mírate, estás hecho una piltrafa. Y no me digas de nuevo lo del champán, que te he estado mirando toda la noche.

—Ah, ¿sí? ¿Se puede saber por qué?

—Porque las cosas que no encajan me despiertan mucha curiosidad. Y tú no encajas ahí dentro.

—Perdona, Jane, pero no nos conocemos de nada.

—Justamente. Piensa que pronto me subiré a un avión y jamás volveremos a vernos. Lo que me cuentes será como escribirlo y tirarlo al mar.

En una situación normal, aquella arenga no habría sido suficiente. Pero, además del champán, estaba la mujer que tenía enfrente. Sería muy hipócrita negar que yo sabía perfectamente que contándole algo de mi historia tenía altas posibilidades de tocarle la fibra sensible. Y no me vendría nada mal desahogarme un poco.

—Esa basura, por más buenos modales que tenga, es el responsable de una de las crisis económicas más grandes de la historia del país. Gracias a su famoso corralito, mis padres perdieron la pequeña empresa que mi familia había construido a lo largo de dos generaciones. Igual que cientos de miles de otras personas.

—Lo siento mucho.

Noté algo hueco en sus palabras. No sé exactamente cómo describirlo. Sentí que me habría dado la misma respuesta si yo le hubiese dicho que había perdido los zapatos.

Me dieron ganas de decirle: «No, lo vas a sentir cuando te cuente lo que pasó después». Y hablarle de la muerte de mi padre, del duelo de mi madre y de su decisión de volver a España para empezar de nuevo en un país serio. Tan serio que, a los dos años de llegar, aunque trabajaba limpiando casas, el comercial del banco le ofreció un crédito hipotecario. Para que no siguiera tirando el dinero en el alquiler. Un cuarto de millón de euros a cambio de setenta metros cuadrados a media hora de Barcelona. ¿Caro? Sí, pero el ladrillo es siempre una inversión segura. El precio de una casa siempre sube. No se entiende cómo la gente puede ser tan tonta de no comprar más inmuebles.

Por supuesto, también me dieron ganas de decirle que poco tiempo después vino la crisis financiera y en 2010 mi hermana, mi madre y yo perdimos nuestros trabajos en un lapso de menos de seis meses. Que tres años después nos echaron de la casa por no poder hacer frente a la hipoteca. Que al año siguiente mi madre empezó a olvidarse de que ya había colgado la ropa o de que tenía una olla en el fuego. Que le diagnosticaron demencia cuando todavía no había cumplido los sesenta.

Pero esa noche yo era Andrés Grandperrin, un argentino descendiente de franceses, así que solo le conté la mitad de la historia.

—Mi madre enfermó y, aunque no hay forma de comprobarlo, estoy convencido de que parte de la culpa la tienen los políticos. Este hijo de puta, el que más. Entonces espero que entiendas que me resulte difícil actuar frente a él como si tuviera un palo de escoba metido en el culo y lo único que importara en la vida fueran los modales, la música clásica y el manuscrito de un tipo que lleva ochenta años muerto.

Por toda respuesta, la australiana se tiró a mis brazos. Sentí su pecho contra el mío y la dulzura de sus curvas en mis manos.

—Lo que acabas de decir es lo más sincero que he oído en muchos años —me susurró al oído.

Su perfume olía a flores recién cortadas y sus hombros, que el vestido no cubría, estaban fríos.

—Si me gustaran los hombres, habría sido imposible no invitarte a pasar la noche conmigo —añadió antes de separarse de mí y volver a entrar a la embajada.

La frase confirmó lo que yo ya sabía: como digno miembro de mi familia, estaba meado por un elefante.

7

Al día siguiente me aseguré de tomar el primer vuelo de Buenos Aires a Trelew y así llegar antes que Ariadna a la Patagonia. A pesar de que había procurado mantener el anonimato en la embajada, quería poder trabajar durante un tiempo sin la posibilidad de encontrármela y que me reconociera.

A medida que transcurrían las dos horas de avión hacia el sur, los campos verdes y fértiles de la Pampa Húmeda se hicieron más marrones y más grandes. Los sembrados de maíz y soja se espaciaron, dándole cada vez más lugar a pasturas magras y montes de arbustos achaparrados.

Para cuando comenzamos el descenso a la ciudad de Trelew, sobrevolábamos un manto marrón punteado por diminutas islas verdes. Eran árboles que protegían del viento a alguna casa. Supuse que la imagen no era demasiado distinta a la que habría visto Saint-Exupéry hacía casi un siglo, cuando aterrizaba allí tres veces por semana.

Al bajar del avión apuré el paso para adelantar a los pocos que lo habían hecho antes que yo y me aposté contra una pared, simulando mirar el teléfono. Observé uno a uno a todos los pasajeros. Ninguno de ellos era Ariadna Lafont. El próximo vuelo no llegaría hasta el día siguiente, así que tenía, por lo menos, veinticuatro horas para trabajar tranquilo.

—¿Viene a hacer turismo? —me preguntó el chico del aeropuerto que me entregó el coche de alquiler.

—Sí.

—No deje de ir a Punta Tombo a ver los pingüinos, y también a Gaiman. Toda la historia de los galeses es increíble.

Gaiman era justamente adonde me dirigía. Por lo poco que sabía, era uno de los pueblos que habían fundado los inmigrantes galeses que se asentaron en la Patagonia en la segunda mitad del siglo xix.

Recorrí los diecisiete kilómetros entre Trelew y Gaiman preguntándome cómo habrían elegido esos inmigrantes un lugar así, en medio de una meseta árida muy diferente a su tierra de origen.

Aprovechando que pagaba Rebeca Lafont, me alojé en una bonita hostería con una casa de té en la planta baja. Mónica, la dueña, se presentó como descendiente directa de esos primeros galeses. A pesar de que las generaciones le habían oscurecido la piel y asignado el apellido Fernández, Mónica se había criado hablando galés con su madre. Para probarlo, le dijo algo completamente ininteligible a una niña sentada a una de las mesas.

—Dice mi mamá que bienvenido a Gaiman.

Aquello me dejó boquiabierto. Desconocía que hoy todavía había patagónicos que hablaban el idioma.

Mientras anotaba mis datos, Mónica me relató las penurias que habían pasado sus antepasados y me recomendó a qué rincones del pueblo prestar atención para apreciar su legado. Después me entregó la llave de la habitación y me dijo que el desayuno se servía de ocho a diez de la mañana.

—¿Alguna pregunta?

—¿No tendrás por casualidad un clavo? —dije.

—¿Un clavo?

—Sí, un clavo. No importa el tamaño.

Mónica se quedó en blanco durante un segundo. Después asintió y se agachó para resurgir detrás del mostrador con una caja de herramientas. Hurgó en la bandeja superior hasta apartar tres o cuatro.

—Este es perfecto —dije, guardándome uno en el bolsillo—. No te preocupes que no te voy a colgar ningún cuadro en la habitación. Es que me regalaron un cinturón y me queda grande. Necesito hacerle un agujero más. ¿Tendrás también una guía de teléfono?

Mónica Fernández no pudo evitar sonreír.

—¿Soy el cliente con los pedidos más extraños?

—No, pero estás en el *top ten*.

—¿Qué es una guía de teléfono, mamá? —preguntó su hija.

—Un libro donde figuraban los números de teléfono de todo el pueblo.

—Muy poco privado, ¿no?

Mónica Fernández señaló a su hija con un gesto incrédulo.

—¿Y colgar cada minuto de tu vida en redes sociales?

—Eso es diferente —protestó la nena.

Mónica puso los ojos en blanco y se metió por una puerta detrás del mostrador. Volvió a los cinco minutos con un tomo de tapas azules y amarillas. Un verdadero fósil. Se parecía a la que había en la casa de mi infancia, salvo que esta tenía menos páginas y en vez de abarcar una ciudad, estaba dedicada a tres provincias. En media Patagonia había menos gente que en la ciudad de Buenos Aires.

—¿Para qué querés una guía?

—En mis ratos libres escribo novelas —dije—. Siempre estoy buscando apellidos originales para los personajes. Sospecho que en Gaiman habrá unos cuantos.

—¡Un montón! Entre los galeses, los italianos, los españoles y los tehuelches, vas a tener para elegir.

Me retiré a la habitación, que resultó ser una colorida sala con adornos en casi todos los rincones. Dejé el equipaje sobre la cama, me senté en el escritorio junto a la ventana y abrí la guía.

De las quinientas páginas, las tres más ajadas correspondían a Gaiman. El único Lloyd en todo el pueblo se llamaba Cipriano. Ese era el nombre que me había dado Rebeca Lafont.

Bingo.

Si la hija de Mónica cuestionaba la existencia de un libro donde los números de teléfono de todo el mundo estuviesen registrados, me pregunté qué pensaría de que, además, figurara junto a ellos la dirección del titular.

8

Siguiendo las indicaciones del GPS, me alejé del centro de Gaiman en mi coche de alquiler. Las casas se fueron espaciando, dando paso a parcelas tapizadas por pastos verdes que no había visto desde el aire. De la inmensa aridez de la meseta patagónica, los galeses se las habían ingeniado para asentarse en uno de los pocos lugares donde siempre había agua: a orillas del río Chubut.

Quince kilómetros más adelante llegué a lo que parecía el fin del oasis. A mi derecha continuaban las pasturas y los campos fértiles cercados por álamos, pero a la izquierda el terreno se elevaba apenas unos metros y el suelo se tornaba gris y estéril hasta el horizonte.

La casa de Cipriano Lloyd era una construcción de piedra baja, con el techo a dos aguas apenas por encima de los dinteles de madera. No estaba en medio de la nada, como me había imaginado, sino que era una de las muchas fincas de la zona. Tendrían unas cinco hectáreas cada una, lo justo para poder acudir a un vecino en caso de necesitarlo, pero no demasiado cerca como para que vea todos tus movimientos.

Pasé frente a la casa y frené a unos doscientos metros, junto a unos árboles.

Me bajé del coche y elegí la más grande de los miles de piedras a mis pies. Saqué del bolsillo el clavo y apoyé la punta en la rueda trasera. Al quinto golpe con la piedra, el metal atravesó el neumático y oí un siseo agudo.

Me calcé una gorra y unas gafas de marco grueso y caminé hacia la casa, rogando no cruzarme con ningún alma bondadosa. Por suerte, en aquel punto apartado, las probabilidades parecían bajas.

Atravesé el patio observando los dos vehículos aparcados: una camioneta tipo *pick-up* de unos diez años de antigüedad y un Peugeot 208 nuevo.

La puerta de madera de la casa se abrió antes de que yo llamara. Reconocí a Cipriano Lloyd, el hombre mayor cuya fotografía me había mostrado Rebeca Lafont.

—Buenas —dijo, algo extrañado.

—Buenos días, disculpe que lo moleste. Se me acaba de pinchar una rueda y parece que el auto que alquilé no tiene gato. ¿Tendría uno?

—Sí, pero no presto.

—Podría alquilárselo.

—Tampoco.

El hombre me sostuvo la mirada durante un segundo. Cuando yo estaba seguro de que me iba a cerrar la puerta en las narices, las arrugas al costado de los ojos se intensificaron y la boca se abrió en una sonrisa bonachona poblada de unos dientes muy bien conservados para sus setenta y cinco años.

—Te la creíste, ¿eh? —dijo, dándome una palmada en el hombro—. Acá no dejamos tirado a nadie. Lo tengo en la camioneta. Vamos.

—Muchas gracias. ¿Podría pedirle antes un vaso de agua?

El hombre hizo un gesto afirmativo. Iba a decirme algo, pero comenzó a toser.

—A mí también me va a venir bien uno —dijo en cuanto pudo hablar—. Pasá, que ahora te lo traigo.

Entré a un comedor elegante, con muebles y adornos que evocaban una época en la que la Patagonia albergaba una promesa lo suficientemente tentadora como para cruzar medio mundo y asentarse allí sin haberla visto nunca. Contra las paredes había estantes y un par de aparadores llenos de objetos antiguos que le daban a la sala un aire de museo. Las piezas más espectaculares tenían una ubicación especial, como el teléfono de madera a manivela junto a la puerta, el gramófono en el centro de la pared más grande y, detrás de él, un mapa amarillento de la Patagonia con las referencias en inglés.

Lo único que me pareció que desentonaba era una pequeña mesa de madera en un rincón repleta de velas apagadas. Dos palmos por encima, colgado en la pared, había un Jesucristo crucificado de medio metro de alto. La sangre carmín que manaba de las heridas era tan brillante que parecía fresca.

—Esperame acá que voy a la cocina y te traigo el agua.

En cuanto me quedé solo, saqué del bolsillo una grabadora de voz del tamaño de un *pen drive* a la que le había pegado una cinta de doble cara y la fijé debajo de la mesa principal. Un segundo después, Cipriano Lloyd volvió con el vaso de agua.

Cuando nos dirigíamos a la salida, una puerta se abrió a mi espalda.

—¿Te vas, Cipriano? —dijo una mujer con acento español.

Al girarme, me quedé helado. Ariadna Lafont se secaba el pelo con una toalla. ¿Cómo podía estar ahí?

Bajé la vista, agradecido por la gorra y las gafas.

—Buenos días —me saludó.

—Hola. Perdón por molestar.

Ariadna me escrutó por unos instantes.

—Pinchó y no tiene gato —le explicó Lloyd—. Lo voy a ayudar a cambiar la rueda. Ahora vengo.

Le deseé un buen día y salí de la casa sin perder tiempo.

Lo positivo de aquella visita era que había logrado instalar la grabadora debajo de la mesa. Lo negativo, además del encuentro con Ariadna, era que el tipo de grabadora que yo podía permitirme no tenía conexión a internet. Y aunque la tuviera, en la casa de Lloyd no había señal de teléfono como para transmitir lo que grabara.

En otras palabras, tendría que volver a entrar a la casa para recuperarla.

9

Dos días después de mi visita a la casa de Lloyd, Mónica me servía una vez más lo que ella llamaba «un desayuno perfectamente bicultural». El té y los *scones* con crema agria venían del lado galés. Las medialunas y tostadas con dulce de leche, del argentino. Y la torta galesa, de ambos. Según me contó, la habían inventado en la Patagonia los primeros colonos.

Había utilizado estos dos días para averiguar todo lo que pude sobre Cipriano Lloyd sin levantar sospechas. En la biblioteca del pueblo descubrí que había sido durante años columnista del periódico local de Gaiman. Leyendo sus textos, en los que solía ahondar en datos de la colonización galesa de la zona y no escatimaba en detalles familiares, supe que era perfectamente bilingüe, que había estado una vez en Gales y que sus antepasados colonos se habían asentado en la misma casa donde él vivía hoy.

Una columna en contra de prohibir el tabaco en bares y restaurantes me dejó claro que era o había sido fumador. También detecté que tenía predilección por frases relacionadas con el juego como «ponerle a algo todas las fichas», «aprovechar las buenas manos» e incluso «perder hasta con cuatro reyes».

Las usaba al hablar de política o de historia. Para cualquiera que, como yo, hubiese escuchado frases muy similares en casa durante la infancia, resultaba casi obvio que a Lloyd le gustaba el póquer.

En otro texto mencionaba que nunca se había casado y que, tras la muerte de sus padres, siempre había vivido solo en la misma casa de las afueras de Gaiman. Mis prejuicios hacían que me resultara extraño que una persona que había pasado toda la vida sola y en un entorno tan rural se expresara de manera tan culta y fuera prácticamente un erudito en lo tocante a la historia de la zona. Sin duda, Cipriano Lloyd era un hombre interesante.

Ese mediodía se cumplirían cuarenta y ocho horas desde que había instalado la grabadora en su casa. Ese era el periodo que el fabricante garantizaba que duraría la batería. Si no lograba cambiarla por otra esa misma mañana, corría el riesgo de perderme las conversaciones que pudieran tener Ariadna y Lloyd en adelante.

Un taxi me dejó a un kilómetro de la vivienda, en la entrada de una finca en la que se vendían mermeladas, miel y otros productos regionales. Caminé en dirección a la casa de Lloyd hasta que tuve una visión directa del jardín. Distinguí la figura robusta de Cipriano regando la línea de flores que bordeaba la casa. De los dos vehículos que había visto hacía dos días, solo estaba la camioneta.

Me parapeté detrás de un arbusto y, tras comprobar que allí tampoco había señal de teléfono, me dispuse a releer el ejemplar de *El principito* que llevaba en la mochila. Lo había leído, por curiosidad, en el vuelo de Barcelona a Buenos Aires y me había quedado con la sensación de que no bastaba una sola lectura para comprenderlo de verdad.

Iba por la página cuarenta cuando el sonido de un motor me hizo levantar la mirada. Lloyd, al volante de su camioneta, se alejaba de la casa.

En cuanto se perdió de vista, me acerqué a la vivienda. Lo bueno de tener los vecinos lejos es que no te molestan. Lo malo, que tampoco te avisan si un extraño anda merodeando.

La ausencia de los dos vehículos prácticamente me aseguraba que la casa estaba vacía. Sin embargo, los años en el rubro me habían enseñado a no dar nada por sentado. Así que hice lo que los detectives de las películas nunca hacen cuando están a punto de meterse en una morada ajena: llamar a la puerta. Solo después de golpear varias veces y que nadie me atendiera, me puse a trabajar con mi juego de ganzúas.

Otra gran mentira de las películas es cuando alguien abre una puerta cerrada con llave en diez segundos. En la vida real, a alguien con experiencia media le lleva entre quince y treinta minutos. Gracias a que la cerradura era de tambor, muy básica, la abrí en diez.

Una vez dentro, intercambié la grabadora bajo la mesa por otra idéntica pero con la batería cargada.

Me acerqué al gran Cristo que presidía el comedor. No supe decir si estaba hecho de porcelana o plástico, pero el realismo de la figura la convertía en una verdadera obra de arte. A sus pies, sobre un pequeño altar, había varias velas apagadas. Todas tenían el pabilo negro y la cera de alrededor libre de polvo. Eso significaba que habían sido encendidas en los últimos días.

En otra de las paredes, un gran aparador de madera exhibía un cambalache de pequeños objetos antiguos de lo más variopintos: mecheros, una pipa, un molinillo de pimienta, servilleteros de plata y un camafeo en el que se veía la imagen sepia de una mujer rubia con los rasgos afilados como los de Lloyd. Su abuela, quizá.

El primero de los cajones del armario contenía el batiburrillo de rigor: un kit de costura, destornilladores, un sacacorchos y papeles. También había un revólver.

Del comedor salía un pasillo con cuatro puertas. Una conducía a un amplio baño, con una bañera antigua y baldosas color turquesa. La otra daba a una habitación con un gran rosario de madera colgado sobre la cabecera de una cama doble. Me bastó una ojeada al ropero para saber que era la habitación de Cipriano Lloyd.

Sobre la mesita de noche había una foto de una chica joven parecida a Ariadna. Era pelirroja, de tez blanca y ojos claros, aunque tenía la cara más ancha y la nariz diferente. Fotografié el retrato con el teléfono y continué mi inspección.

El segundo dormitorio era el de Ariadna Lafont. A los pies de una cama individual había un pequeño escritorio de madera sobre el que descansaba un ejemplar de *Tierra de los hombres*, otro libro de Saint-Exupéry.

Dos días atrás, cuando la había visto salir del baño secándose el pelo, no había podido evitar preguntarme si existiría algún tipo de relación amorosa o sexual entre ella y Lloyd a pesar de que se llevaban más de cuarenta años. Ahora, sin embargo, todo indicaba que la cosa no iba por ahí. No parecía haber en el cuarto de ninguno de los dos una sola prenda de ropa, pastilla, libro u objeto que le perteneciera al otro.

Cuando puse la mano en el picaporte de la tercera puerta, oí las ruedas de un vehículo haciendo crujir la grava del patio. Me asomé al comedor y vi a través de las cortinas que Ariadna Lafont había estacionado el Peugeot 208 a apenas un par de metros de la fachada de la casa.

La puerta se abrió medio segundo después de que yo desapareciera por el pasillo. Me escondí en la habitación de Lloyd.

—¿Hola? ¿Cipriano? —dijo Ariadna.

Me había oído. Si no, ¿qué sentido tenía llamar a Cipriano si la camioneta no estaba estacionada en el patio?

Me arrastré hasta desaparecer debajo de la cama, un paraíso de polvo y pelusas. Los pasos de Ariadna se acercaron hasta detenerse en el umbral de la habitación.

—¿Cipriano?

Contuve la respiración.

A tres metros de mí, sus pies permanecieron inmóviles por unos segundos larguísimos. Después dieron media vuelta y se alejaron por el pasillo.

Reconocí el sonido de un cajón abriéndose en el comedor. Mierda. El revólver.

Los pasos volvieron a acercarse, pero se desviaron antes de entrar a la habitación. Una puerta se cerró y dos segundos más tarde oí un pequeño chorro. Ariadna se había metido en el baño. Respiré aliviado. Fuera lo que fuese lo que había buscado en el cajón, no era el arma.

Abandoné mi escondite y pasé frente a la puerta del baño intentando no hacer ningún ruido. Ya había llegado al comedor cuando oí la voz a mi espalda.

—Quédate donde estás.

Al girarme, vi que Ariadna empuñaba con ambas manos el revólver, apuntándolo hacia mí.

10

El arma en las manos de Ariadna parecía tan estable como un rompehielos. Alcé las mías en señal de paz.

—Estabas en la embajada —dijo—. Por eso cuando te vi anteayer en casa, tu cara me sonaba de algo.

—Déjame que te explique.

—Por supuesto que me lo vas a explicar. ¿Quién eres y qué coño haces en mi casa?

Cualquier investigador privado debe tener un plan por si pierde el anonimato. En este caso, el mío era simple: la única forma de justificar ante Ariadna mi intrusión en su casa era decirle la verdad.

—Vengo de parte de tu madre.

—¿De mi madre?

—Rebeca me ha enviado a darte un mensaje. Me llamo Santiago Sotomayor. Soy investigador privado. Vivo en Barcelona.

No me causaba ninguna gracia mostrar mis cartas, por supuesto, pero a veces solo nos queda elegir la opción menos mala.

—El otro día hablabas en argentino.

—Tengo práctica. Nací en España, pero viví media vida en Buenos Aires.

—Me importa una mierda. ¿Qué tienes que ver con mi madre?

—Me envía porque quiere saber si estás bien.

—¿A qué te refieres?

—Esas fueron sus palabras textuales. Me contrató para que me asegurara de que no estás en problemas.

Ariadna soltó un resoplido.

—No me sorprende en absoluto.

Apoyó el revólver sobre la mesa, aunque sin desprenderse de él. Se pasó la otra mano por la cabeza para echarse los rizos cobrizos hacia atrás. Deseé volver a ver ese gesto muchas veces más.

—Pues dile que, si tengo algo que comunicar, se lo diré a ella directamente.

—Ariadna —dije, manteniendo un tono calmado—, es entendible que esté preocupada, ¿no crees? Viniste por tres meses y llevas once, ocho de ellos conviviendo en un sitio remoto con un hombre que podría ser tu abuelo.

—Pero ¿tú de qué vas? ¿Eres mensajero, niñera o psicólogo?

—Estoy intentando hacer mi trabajo. Solo necesito una respuesta para tu madre. Algo que le asegure que estás bien.

—¿No me ves? ¿No ves que estoy bien?

Era cierto. Se la veía radiante.

—¿Por qué sigues aquí?

Ariadna Lafont dio un suspiro, como si ya hubiera contestado muchas veces a esa pregunta.

—No es fácil descifrar la escritura de Saint-Exupéry. Tenía una letra apretada y despareja. Después de su muerte, su amiga Nelly de Vogüé se dejó los ojos transcribiendo el manuscrito de *Ciudadela*. Aunque supongo que no sabes quién era Nelly de Vogüé, ¿no?

—No.

—¿Has leído algo de Saint-Exupéry?

—*El principito*.

Ariadna dio un paso hacia un costado y agarró un libro de una pequeña pila. Lo deslizó hacia mí sobre la mesa.

En la portada se veía un avión cruzando un cielo azul oscuro. El título era *Vuelo nocturno*, la novela que Saint-Exupéry había escrito durante su tiempo en Argentina y de cuyo manuscrito ella había hablado en la embajada.

—Para tu viaje de vuelta. Dile a mi madre que estoy de puta madre y, sobre todo, que no necesito una niñera.

—Si me permites…

—No, no te permito —dijo, volviendo a levantar el revólver—. Te vas ya y no vuelvas a aparecer por aquí. La próxima vez no seré tan amable.

Asentí y me puse en marcha. Al parecer, eso de que «de tal palo, tal astilla» se cumplía en el caso de las Lafont.

—No te olvides el libro.

Con el ejemplar bajo el brazo, salí de allí lo más rápido que pude.

11

La grabadora estaba programada para descartar los silencios, así que durante sus dos días de servicio había registrado siete horas de audio. Sentado frente al pequeño escritorio en la habitación de la hostería, reproduje el primer archivo en velocidad doble. Mientras escuchaba, respondí algunos mensajes en el teléfono.

Si un investigador tuviera que prestar plena atención a las grabaciones que escucha, moriría del aburrimiento. La mayoría de los diálogos de la gente tratan sobre las nimiedades más irrelevantes y no llevan a ningún lado.

Además, la grabadora no solo registraba conversaciones, sino también portazos, estornudos o un objeto que se cae al suelo. Cada ruido quedaba registrado junto con la hora a la que se había producido. Oírlos todos concatenados, acelerados y sin espacios es una experiencia demencial a la que me había llevado años acostumbrarme.

Tenía un mensaje de Marcela, la cuidadora de mamá. Me decía que estaba todo bien y me pedía que hiciera un nuevo pedido de pañales por internet. Al encargarlos, noté que estaban un poco más caros que la última vez. Con cada céntimo de euro que subían los precios en España, una nube negra aparecía en mi horizonte. Y si esa nube pudiera hablarme, diría: «Vayas donde vayas no puedes esconderte de mí».

Después de media hora, la grabación reveló un murmullo peculiar que me obligó a prestar atención. Retrocedí treinta segundos y cambié la velocidad de reproducción a normal.

Cipriano Lloyd susurraba algo que yo no llegaba a comprender, entonando las palabras como si las supiera de memoria. Me lo imaginé arrodillado, rezándole al Cristo hiperrealista del comedor. De vez en cuando se interrumpía para toser, reforzando mi conjetura de que había sido fumador.

Tras intentar en vano distinguir lo que decía, volví a acelerar la grabación. En total, Lloyd rezó aquella noche durante más de media hora.

El siguiente audio que me hizo prestar atención era una conversación entre él y Ariadna. Por el horario y el ruido de cubiertos, supe que hablaban durante la comida.

«¿Estás listo para mi especialidad?», preguntó ella.

«Por supuesto».

Un suave golpe sobre la mesa me anunció que habían apoyado algo. Probablemente un plato o una fuente.

«¿Tallarines con salsa del supermercado? ¡Qué lujo!», exclamó Lloyd.

«¿Te dije o no te dije que la cocina siempre fue mi pasión?».

Ambos rieron mientras uno de los dos servía los platos.

«En el humor también te parecés a mi nieta Nora», dijo Lloyd al cabo de un momento.

Ese «también» me hizo pensar en la foto de la chica pelirroja en la mesita de noche de él.

Anoté en la libreta donde recopilaba información que, a pesar de no haberse casado y vivir siempre solo, Lloyd tenía una nieta.

Se hizo un silencio largo antes de que volvieran a hablar. Fue Ariadna quien lo rompió.

«Quizá algún día, si crees que te haría bien, puedes contarme qué pasó con ella».

«Quizá», dijo el hombre, pero enseguida cambió de tema. Terminaron la cena hablando de política española, de la que Lloyd sorprendentemente sabía bastante.

Respondí a tres o cuatro emails hasta que volví a detectar algo interesante en la grabadora.

«¿Crees que podrías traerme dos, como la otra vez?», preguntó Ariadna.

«La otra vez era tu cumpleaños».

«Pues esta vez es mi no-cumpleaños».

«No-cumpleaños —repitió Lloyd, divertido—. ¿Sabías que se piensa que Lewis Carroll se inspiró en un pueblo de Gales para escribir *Alicia en el País de las Maravillas*?».

La pronunciación de Lloyd al decir el nombre del escritor había sido muy diferente de la de un argentino promedio. Recordé sus columnas en el periódico, donde varias veces había defendido la importancia del bilingüismo en el pueblo.

«¿Eso es un sí?», preguntó Ariadna.

Lloyd tamborileó con los dedos sobre la mesa.

«Siempre igual de pícara, vos. ¿Vemos una película?».

«Claro, busquemos una. Pero no me has respondido».

«¿Qué cosa?».

«Si, por ser mi no-cumpleaños, podrías…».

Ariadna dejó la frase a medias, como si no hiciera falta terminarla. El hombre le contestó en un tono amable, aunque quizá algo infantilizado.

«Una cada tres días, granuja. Ayer te di una y pasado mañana te toca otra. Ese es el trato. Como dicen ustedes, no quieras enredarme. Elegí una película mientras voy al baño».

Al quedarse sola, Ariadna murmuró algo que no llegué a oír. Me pregunté qué tipo de trato tenían esos dos. Al parecer, Cipriano le dosificaba algo a lo que ella no quería renunciar.

Después de ver una película a la hora de la siesta, salieron de la casa por separado, cada uno en su vehículo. Por lo que dijeron, ella se iba a comprar, y él, a visitar a un amigo llamado César. Lo siguiente reseñable lo encontré en un archivo datado tres horas más adelante, cuando Cipriano Lloyd regresó a la casa. Por los sonidos que siguieron supe que se preparó unos mates. Unos minutos después, sonó su teléfono.

«¿Cómo va, Alfredo?», contestó Lloyd.

«…».

«Sí, te había llamado porque pasado mañana no me queda bien encontrarnos en el horario de siempre. ¿Vos podrías quedar en algún momento de la tarde?».

«…».

«¿No puede ser antes? Si no, la piba se me desespera», dijo, divertido.

«…».

«A las cinco, perfecto. Nos vemos. Gracias».

Escuchando de fondo una nueva ráfaga de sonidos concatenados, me puse a analizar lo que acababa de oír. Lo primero que pensé fue en drogas. Aunque Ariadna no me encajaba con ese perfil, mi trabajo me había llevado a descubrir que estamos rodeados de adictos funcionales. Pastillas, alcohol, cocaína, marihuana, tabaco, pornografía…; todo un submundo del que se habla poco pero que ocupa gran parte de la vida de muchos.

De momento, solo sacaba en limpio que Lloyd y Ariadna tenían un acuerdo y que quizá ese acuerdo explicara por qué ella vivía con él desde hacía ocho meses.

12

Mi sesión de escuchas se vio interrumpida por la llamada telefónica de Rebeca Lafont.

—Sotomayor. Mi hija me ha llamado hecha una furia. ¿Cómo se dejó descubrir así?

—Con todo respeto, no «me dejé» descubrir. Fue una casualidad enorme que exactamente en el momento en el que me estaba yendo de la casa llegara Ariadna. Un minuto antes o después y no me habría visto.

—Espero que al menos haya averiguado algo.

Frente al pequeño escritorio de mi habitación, miré una vez más la pantalla con los audios que acababa de escuchar.

—Ariadna sigue viviendo con Cipriano Lloyd.

—Eso se lo dije yo.

—Me refiero a que hasta el día de hoy continúa allí.

—¿Qué puede decirme de él?

—Descendiente directo de los primeros inmigrantes galeses que llegaron a la Patagonia en 1875. Es dueño de unas cinco hectáreas en la parte fértil del valle del río, aunque vive de manera austera. Fue columnista durante años en el periódico local. Es un hombre culto, con mucho interés por la historia de la zona. Al parecer tiene una nieta. O tenía, porque Ariadna mencionó que le había pasado algo. Todavía no sé exactamente cómo está compuesta su familia.

—¿Eso es todo?

—Hay más. Pasa algo raro con Ariadna.

—Lo sabía. Como le haya hecho algo, le corto los cojones.

—Parece muy amable con ella.

—¿Pero?

—No lo sé. Todavía no he terminado con las grabaciones, pero, por lo que llevo escuchado, es como si ambos necesitaran algo del otro.

—Explíquese mejor.

—Quizá en un par de horas pueda hacerlo.

—¿Cree que mi hija tiene una relación con el viejo ese?

—Si se refiere a una relación amorosa, no lo creo.

—Menos mal, por Dios.

—Es más bien camaradería. Dos amigos que se ayudan mutuamente.

—¿Se ayudan a qué?

—Todavía no lo sé. Pero es una relación cordial, casi familiar. Lloyd dice que Ariadna se parece a su nieta. En unas horas acabo de escuchar las cintas y la llamo con mis conclusiones.

—Tenga cuidado con lo que concluye.

—¿A qué se refiere?

—A que si me dice que ese viejo le está haciendo algo a mi hija, no me voy a quedar de brazos cruzados. Así que no se equivoque.

13

En cuanto corté la comunicación con Rebeca, continué con las grabaciones. Las tres o cuatro conversaciones del resto del día eran cordiales e intrascendentes. Pasé a los archivos del día siguiente. El primero correspondía a la charla durante el desayuno.

Lloyd volvía a mencionar a su nieta en pasado. Busqué en internet decenas de combinaciones de las palabras: «Lloyd», «Gaiman», «Nora», «accidente», «muerte», «suicidio» y muchas otras que me vinieron a la mente, con la esperanza de dar con una noticia en algún periódico. No tuve suerte.

Recordé una charla con Samuel Chambi, un amigo *hacker* al que contrato cuando necesito llevar a cabo tareas informáticas que escapan a mis conocimientos. Me había hablado de lo rápido que estaba avanzando la inteligencia artificial y de que las máquinas hacían hoy cosas que seis meses atrás eran ciencia ficción. Según él, pronto sería posible subir la foto de alguien a un buscador y obtener otras imágenes de esa misma persona.

Como la charla había sido hacía ya unos meses, probé subir la foto que le había hecho al retrato en la mesita de noche a mi buscador de referencia. Los resultados me dejaron desconcertado. La cara apareció en una decena de sitios webs. Pero no se trataba de otras imágenes de ella, que era a lo que se refería Samuel, sino de exactamente la misma fotografía.

Todas las webs en las que aparecía eran bancos de imágenes. Es decir, páginas en las que cualquier persona puede buscar una foto de algo en particular —por ejemplo, «chihuahua negro con cara de bueno» o «mujer joven pelirroja de ojos azul claro»— y descargársela pagando unos pocos dólares.

Por un momento consideré la posibilidad de que alguien hubiera subido la foto de la nieta de Lloyd a esos sitios webs, pero en uno de ellos encontré los nombres de la mujer y del fotógrafo: Justina Jarco y Piotr Lopata, ambos de nacionalidad polaca.

En resumen, la foto que Lloyd tenía en su mesita de su supuesta nieta estaba descargada de internet.

14

La siguiente conversación relevante era de esa tarde:

«Cipriano, ¿tú me consideras una amiga?».

«Más que eso. Te considero familia».

«¿Si no me pareciera a Nora, también?».

«Claro, mujer. No estoy tan loco como para pretender reemplazar a la nieta que perdí. Disfruto de tu compañía porque sos culta y tenemos en común el interés por la literatura y la historia. No me sobran personas con quienes hablar de estos temas».

«Yo también disfruto mucho de las charlas contigo. Había pensado que, después de que termine mi trabajo aquí, podríamos seguir en contacto. Quizá podrías visitar Barcelona».

«Me encantaría, pero creo que ya estoy muy viejo para un viaje tan largo».

«¿Viejo? Hombre, si estás hecho un toro».

«Claro que sí. Un toro muy viejo».

Ambos rieron. Yo, por el contrario, arrugué el entrecejo. El tono de Ariadna me parecía demasiado amable.

«Cipriano, necesito pedirte un favor».

Supuse que ahí tenía mi respuesta.

«Decime».

«Me cuesta mucho hacer un trabajo académico serio con el manuscrito si tengo acceso con cuentagotas».

«Es mejor con cuentagotas que nada, ¿no?».

«Claro. Pero ¿no crees que ya te he acompañado lo suficiente?».

«Ariadna, esto es como si un inquilino le dice al dueño de la casa: "Ya te pagué muchos meses, ahora es momento de que me dejes vivir gratis". Nuestro acuerdo es simple y llevamos ocho meses respetándolo a rajatabla. ¿Por qué cambiarlo ahora?».

«No puedes comprar la compañía de las personas».

«No la estoy comprando. Es un acuerdo entre dos adultos».

Hubo un silencio en la grabación. Después se oyó a alguien sorbiéndose la nariz.

«No, Ariadna. No te pongas así. Me hacés sentir culpable».

«Tú no eres culpable de nada. Lloro porque soy una estúpida. No sé qué hago aquí, en el culo del mundo, esperando a que me traigas una nueva página cada tres días como un perro que desea que le tiren un hueso».

En ese momento entendí que no había secta ni drogas. Lo que Ariadna Lafont era incapaz de dejar era su trabajo inconcluso. Entendí también por qué en la embajada había dicho que todavía no había acabado de analizar el manuscrito de Saint-Exupéry. No era porque la letra del escritor fuera indescifrable, sino porque Cipriano Lloyd se lo estaba dosificando a razón de una página cada tres días.

15

Cuando llegué al final de las grabaciones, llamé enseguida a Rebeca.

—Ariadna le ha dicho a un buen número de personas que está trabajando en un manuscrito de Saint-Exupéry y que le está llevando mucho tiempo porque el escritor tenía una letra muy difícil de entender.

—¿Y eso es mentira?

—Lo del manuscrito es verdad y lo de la letra también. Pero el verdadero motivo por el que vive con Lloyd es que él tiene en su poder el manuscrito y se lo deja ver a razón de una página cada tres días.

—¿Por qué?

—Creo que porque se siente solo. Quizá esté enfermo. Tose bastante.

—No entiendo.

—Ariadna no está en una secta, sino en una mera transacción comercial. Él le trae una nueva página cada tres días. Y, a cambio, ella vive con él. Hablan de arte, de literatura y de todos los temas de los que Lloyd no tiene con quien hablar.

—¿Se da cuenta de lo raro que es lo que me está diciendo?

—Sí. A mí también me lo resultó en un principio, pero su hija parece estar de acuerdo y no he detectado presión alguna por parte de Lloyd.

—¿No ha detectado presión? ¡Ese viejo está comprando su compañía! Se me ocurre una palabra para eso.

—Insisto, creo que es consensuado y no parece ir más allá de la convivencia.

—Es una jodida extorsión —zanjó Rebeca Lafont—. Saint-Exupéry es lo más importante en la vida de Ariadna. Lo que le está haciendo ese viejo es lo mismo que secuestrar a un familiar. Ella hará cualquier cosa por ese manuscrito.

La fauna con la que tenía que lidiar en mi profesión me había enseñado que casi todos tenemos un doble rasero. ¿Maniatarme y amenazarme con unas tijeras oxidadas? Ningún problema. Pero no toques a mi hija porque te mato.

—Sotomayor, ¿está seguro de lo que me dice?

—Tengo grabaciones de ellos dos hablando del tema. No veo que den lugar a otra interpretación.

—Envíemelas, por favor.

—Acabo de hacerlo.

—Muy bien.

—Hay algo que no me cierra. ¿Por qué Ariadna anunció la existencia de ese manuscrito en la embajada?

—Conociéndola, por atención. Si bien es una experta en Saint-Exupéry, dentro del círculo de académicos rancios en el que se mueve no es más que una mujer joven acabando su doctorado. Anunciar el descubrimiento del manuscrito la hace jugar en otra liga. Como ve, Sotomayor, Lloyd no es el primer viejo que se cree superior a ella.

—No quiero defenderlo, pero creo que no la mira por encima del hombro. Al contrario, la admira.

—Ya veremos.

—La explicación que usted acaba de darme es más o menos la que se me había ocurrido a mí: que ella anunció la existencia del manuscrito por prestigio profesional. Sin embargo, una marchante de arte que conocí en la embajada opinaba que lo que en realidad estaba haciendo era preparar el mercado y que no tardarían en llegarle ofertas para comprar el documento. Por eso dudo de cuáles son exactamente las intenciones de su hija.

Rebeca se quedó pensativa. Cuando me contestó, lo hizo con un tono frío.

—Yo no dudo. Después de que escuche las grabaciones le diré si estoy de acuerdo con eso de que Lloyd la admira.

—Usted manda. Dígame cómo quiere que sigamos.

—Supongo que si le ofrezco un buen dinero para que mate a ese viejo me dirá que no, ¿verdad?

Me quedé sin palabras. Rebeca Lafont dejó que el silencio abarcara varios segundos.

—Estoy bromeando, hombre. No se agobie.

Lo dudé. No había ni un ápice de jocosidad en su tono.

—Me ha dado un susto.

—Hablando en serio, ha sido usted muy eficiente. Quiero contratarlo para otro trabajo.

—Dígame.

—Tráigame ese manuscrito. Cueste lo que cueste. Si el documento se aleja de Lloyd, Ariadna también.

Comenzaba a entender por qué Rebeca Lafont se había convertido en una empresaria tan exitosa. Conocía muy pocas personas tan resolutivas como ella. Y todas habían llegado lejos.

—¿Qué le parecen diez mil euros? —preguntó.

Apreté las muelas para que no se me escapara un sí a gritos. Conté hasta cinco antes de hablar.

—Me parecerían mejor quince.

—Quince, muy bien. Tenemos un trato. Pero dese prisa. Cuanto antes le arrebate el texto a ese viejo, antes quedará libre mi hija.

16

Al volver del aeropuerto después de haber cambiado el coche de alquiler por uno que Ariadna y Lloyd no hubieran visto, entré a Trelew por el acceso norte, donde un dinosaurio enorme le daba la bienvenida al viajero. Fui hacia el oeste por la autovía Trelew-Gaiman hasta que las últimas construcciones de la ciudad dieron paso a fincas rurales rodeadas de árboles, muy parecidas a la de Lloyd, aunque casi ninguna tan antigua. Di una vuelta en U y me detuve al costado del camino, detrás de unos álamos.

El reloj marcaba las cuatro y veinte de la tarde. Según la conversación que había escuchado en las grabaciones, Lloyd se encontraría con el tal Alfredo a las cinco. Vi pasar la camioneta en dirección a Trelew a las cuatro y cuarenta.

Tras muchos años de práctica, seguir a alguien se me da bastante bien. Sin embargo, no es lo mismo hacerlo en el centro de Barcelona que en la planicie patagónica. Por suerte, la autovía tenía un buen tráfico de camiones que me proporcionaban refugio ante el retrovisor de Lloyd.

En el centro de la ciudad, el hombre estacionó frente a un museo paleontológico. Cuando se bajó del vehículo, esperé unos segundos a que se alejara y, sin perderlo de vista, me acerqué a la camioneta y pegué, con un potente imán, un GPS en la parte interior del guardabarros. Seguía resultándome increíble que hoy, gracias a lo *Made in China*, cualquier ciudadano de a pie tuviera acceso a dispositivos que habrían hecho babear al mejor espía del siglo pasado.

Después de recorrer ciento cincuenta metros por una calle semipeatonal, el hombre se apoyó en un árbol para recuperar el aliento como si acabara de correr un kilómetro. Después entró en el bar-restaurante del Touring, un hotel que parecía detenido en el tiempo.

«Mierda», pensé. Los bares son los lugares más difíciles para seguirle la pista a alguien.

Me senté a esperar en un banco de madera en la calle. Unas cortinas velaban las ventanas, pero al menos podía observar quién entraba y salía por la puerta.

Una hora más tarde, Cipriano Lloyd salió solo del local y caminó en dirección a su camioneta. El GPS me ahorraría la tarea de seguirlo, así que opté por entrar para ver si lograba deducir con quién se había reunido.

Las paredes del gran salón estaban cargadas de historia. Fotos, pinturas y recortes enmarcados dejaban constancia de cada uno de los personajes ilustres y los infames que habían pasado por allí. Reconocí a famosos ladrones de bancos, actores y expresidentes de la nación.

Solo tres mesas estaban ocupadas. En una, cuatro jubilados jugaban a las cartas. En otra, una pareja de turistas cenaba en horario finlandés. En la tercera, un hombre trabajaba tecleando rápidamente en un ordenador portátil. En ninguna de las tres había una silla fuera de lugar o una taza vacía que indicara que Cipriano Lloyd hubiese pasado por allí.

Sin embargo, sí había una mesa en un rincón en la que todavía descansaba una taza y un platito con unos billetes a modo de propina. Fui directo hacia ella y me senté. El camarero no pareció molestarse porque yo eligiese la única mesa

que no estaba limpia. Se acercó, me saludó con un gesto solemne y dejó la superficie de mármol impecable en unos segundos.

—¿Qué le traigo?

—Un café con leche, por favor.

En cuanto se alejó, saqué de mi mochila una estilográfica
que me había regalado mi hermana para mi último cumpleaños. La llevaba por cariño, pero no la usaba. El bolígrafo normal me parecía más cómodo y menos propenso a manchas.

Cuando el camarero me trajo el café, le mostré la pluma.

—Acabo de encontrar esto debajo de la silla —dije—. Supongo que es de la persona que estaba antes que yo.

El hombre examinó el objeto con el ceño arrugado.

—Puede ser.

—¿Tiene forma de contactarse con él para preguntarle?

—Sí, es cliente habitual. Salió justo antes de que usted en-
trara, por eso no me dio tiempo a limpiar la mesa.

—Ah, sí, me lo crucé en la vereda. ¿Un señor mayor, con
poco pelo y ojos azules?

—Ese mismo. Ahora le digo al dueño que lo llame y le
pregunte si es de él.

A los cinco minutos, el mozo volvió a mi lado y negó con
la cabeza.

—Dice que la pluma no es suya.

—¿No lo acompañaba nadie?

—No. Estaba solo —dijo el hombre guardándose la estilográfica en el bolsillo de la camisa—. Nos la quedamos por si
alguien viene a reclamarla.

Asentí. No me causó demasiada gracia perder el regalo de
mi hermana. Aunque, visto en términos estrictamente prácti-
cos, no era mal negocio: a cambio de una pluma que no usaba
me enteré de que la persona con la que iba a reunirse Cipriano
Lloyd no había acudido a la cita.

17

Pasé los siguientes dos días siguiendo a Lloyd por Gaiman y por Trelew sin lograr una sola pista que me acercara al manuscrito. El hombre iba al supermercado, al almacén de forrajes y al banco como un ciudadano cualquiera. Ni siquiera lo vi meterse en una casa particular u otro lugar que pudiera darme una pista.

En un momento en el que ni él ni Ariadna estaban en casa, volví a cambiar la grabadora. Las grabaciones me revelaron que Ariadna se iría al día siguiente a una conferencia de tres días en Puerto Madryn, donde daría una charla sobre Saint-Exupéry.

Llamé a Rebeca Lafont para preguntarle si quería que vigilara a Lloyd o a su hija.

—Siga a Ariadna —me indicó.

—¿No prefiere que me quede con él? Quizá durante la ausencia de ella se mueva con menos cuidado y logremos descubrir dónde está el manuscrito.

—Durante la ausencia de mi hija, ese viejo no tiene ningún motivo para ir al manuscrito. Según me cuenta, lleva meses entregándole una página cada tres días. Tiene todo el acceso al manuscrito que pueda querer.

—¿Puedo preguntarle con qué objetivo quiere que la siga?

—Con el objetivo de que se asegure de que mi hija esté bien, que es lo único que me importa. Creo que hay algo que se nos escapa y tengo miedo de que realmente esté en peligro.

Para mí habría tenido más sentido quedarme en Gaiman, pero Rebeca Lafont era la clienta, y el cliente siempre tiene la razón.

Siguieron dos días en los que estuve en la conferencia detrás de los pasos de Ariadna, haciendo malabares para que no me reconociera. Una combinación de maquillaje, peluca, gafas y mantener las distancias hizo posible que la vigilara desde que salía por la mañana de su alojamiento hasta que volvía a él por la noche.

Se trataba de un simposio de historia al que asistían más de doscientas personas. Durante el primer día, Ariadna dio una de las charlas plenarias de la mañana, en la que contó prácticamente lo mismo que en la embajada francesa. El interés del público fue enorme y muchos de ellos la abordaron mientras tomaba café en el receso para hacerle preguntas que no llegué a oír. Mi trabajo era recordar las caras de las personas con las que hablaba Ariadna y después acercarme a ellas para leer los nombres en el pase de la conferencia que todos llevábamos colgado —el mío se lo robé con bastante facilidad a un despistado que lo dejó en una silla—. Durante las charlas, que no me interesaban en lo más mínimo a excepción de una o dos, investigaba esos nombres en LinkedIn y webs de publicaciones académicas para ver si descubría algo interesante que informar a Rebeca.

Mientras tanto, el GPS que le había puesto a la camioneta de Lloyd me indicó que, en los dos días que Ariadna y yo llevábamos en Puerto Madryn, él no se había movido de su casa.

La batería de la grabadora estaría llegando a su fin. Y, a pesar de lo que opinaba Rebeca Lafont, yo no quería perderme ninguna conversación que pudiera suceder en esa casa.

Al finalizar la segunda jornada de la conferencia, Ariadna se quedó hablando con un hombre de unos cuarenta años, mandíbula cuadrada y pelo perfecto. Tuve una sensación de irritación que no habría tenido si el tipo hubiese sido un sexagenario calvo.

Cuando se despidieron, ella se sumó a un grupo de otras seis personas. Los seguí hasta un pub que anunciaba noche de pizzas y karaoke. Supuse que se quedarían allí bebiendo durante un buen rato. Eran las seis y media de la tarde. Si tenía suerte, podía ir a Gaiman, cambiar la grabadora y volver antes de las nueve.

Estacioné frente a la finca de productos artesanales donde me había dejado el taxi la primera vez que había ido a cambiar la grabadora y caminé los doscientos metros hasta la vieja construcción de piedra. No había luz en ninguna de las ventanas, a pesar de que eran las siete y media de la tarde y el sol ya se estaba poniendo. Me adentré en el rectángulo de árboles y golpeé la puerta con los nudillos. Llevaba en la mano el libro de Saint-Exupéry que Ariadna me había prestado. Mi plan era simple: decirle a Lloyd que venía a devolver el libro antes de volver a Barcelona.

Con mi madre, que a pesar de su edad se comportaba como una anciana, había aprendido que a la gente mayor hay que darle tiempo. Por eso, esperé casi un minuto antes de llamar de nuevo. Al tercer llamado, me convencí de que, a pesar de que su camioneta estaba ahí, Lloyd no se encontraba en casa.

Esta vez no hizo falta entretenerme con las ganzúas. La puerta principal cedió ante un cuarto de giro del picaporte.

La casa estaba totalmente a oscuras a excepción de la última claridad del día, que se filtraba a través de las cortinas. La temperatura estaba un par de grados por debajo del límite de confort.

Iba a recoger la grabadora, pero en cuanto pasé junto a la puerta por la que se accedía al pasillo, algo me llamó la atención. Era un aroma que había percibido pocas veces en mi vida. Olor a un trozo de carne que ha estado más de la cuenta fuera de la nevera.

En la penumbra, se adivinaba un bulto en el fondo del pasillo. Al acercarme, descubrí a Cipriano Lloyd tirado en el suelo.

—Lloyd, ¿está bien? —le pregunté.

El hombre no me contestó. Encendí la linterna de mi teléfono y le iluminé la cara. La piel mostraba un tono blanco ceroso. Me puse en cuclillas y arrimé un oído a su nariz.

Nada.

Le apreté la muñeca con mi dedo índice.

Nada.

Recorrí con la linterna el resto del cuerpo. Cuando llegué a los pies noté el charco de sangre coagulada bajo los talones. Estaba descalzo y al pie derecho le faltaban todos los dedos.

Al contrario de lo que se suele creer, los investigadores privados rara vez nos encontramos con algo así. Sentí que se me revolvía el estómago y todo a mi alrededor comenzaba a girar. Cerré los ojos e inspiré hondo por la boca.

Cuando logré recuperar la compostura, observé de cerca los cortes en los dedos de Lloyd. Eran bastante limpios, a pesar de que atravesaban dos tipos de tejido con durezas tan distintas como la carne y el hueso. ¿Unas tijeras de podar?

Recorrí la casa en busca de cualquier indicio que me pudiera ayudar a entender lo que había pasado. La cocina, las habitaciones y hasta el altar con la estatuilla de Cristo parecían en orden. Las respuestas me las proporcionaría la grabadora. Pasé la mano por debajo de la mesa, pero mis dedos solo encontraron madera. El aparato ya no estaba allí.

18

—Señora Lafont, acabo de encontrar a Cipriano Lloyd asesinado.

—Bien.

—¿Bien?

—Estaba sometiendo a mi hija. Me alegro de que esté muerto.

—¿Usted ha tenido algo que ver?

—En caso de que sí, ¿cree que lo diría por teléfono?

Cerré los ojos y maldije para mis adentros. Con razón me había insistido para que siguiera a Ariadna a Puerto Madryn. De esa manera, la casa de Lloyd quedaba sin vigilancia. Sabía que trabajar para esta mujer iba a meterme en problemas.

—Por cierto, se llevaron mi grabadora. Sin ella, resulta imposible saber qué pasó exactamente.

—Me pregunto quién más sabía lo de la grabadora debajo de la mesa —dijo en tono divertido.

Rebeca Lafont y yo teníamos una visión de la vida tan diferente que ni siquiera hablábamos el mismo idioma. Se estaba refiriendo a un asesinato con la misma ligereza con la que yo repasaba con Marcela la lista de la compra.

—¿Dónde está ahora? —me preguntó.

—Volviendo al pueblo. Creo que hay que avisar a la policía.

—Ni se le ocurra.

—Tarde o temprano se van a enterar.

—Y cuando examinen la escena, ¿hallarán sus huellas o algo que delate que usted estuvo allí?

—No. He limpiado lo poco que he tocado.

—Entonces, Sotomayor, será mejor que no diga nada. Si va a la policía, le preguntarán qué hacía en la casa del hombre. ¿Qué va a responder?

—Si no lo reporto, la que encontrará el cadáver será su hija.

—Mi hija no tiene nada que temer. Está en otra ciudad, ¿no es así?

—Señora Lafont. Creo que no puedo seguir trabajando para usted.

—Yo también lo creo, Sotomayor. Le pedí que averiguara qué problema tenía Ariadna y usted lo ha hecho muy bien. Ahora que ese problema ya no existe, ella podrá continuar con su vida. De todos modos, le pagaré la mitad del dinero acordado para compensarle el disgusto de hoy.

—¿Y el manuscrito?

—Eso a mí ya no me importa. Si Ariadna se quiere quedar a vivir en Argentina buscándolo, no tengo nada que decir.

—Pensé que la quería de vuelta en Barcelona.

—No. La quería libre. En cuanto a usted, quizá es mejor que regrese a Barcelona y cuide de su familia.

Me despedí de Rebeca Lafont con la sensación de que acababan de quitar de un tirón una alfombra bajo mis pies. A medio mundo de distancia, la mujer había sacado del medio a Lloyd como quien aplasta una mosca.

19

Mónica se acercó con la tetera apenas me senté en el comedor de la hostería.

—Hoy es mi última noche. Mañana me voy.

Habían pasado tres días desde que encontré muerto a Lloyd. Me habría ido antes si hubiese podido, pero los vuelos estaban llenos. Como no tenía ánimos para hacer turismo, empleé gran parte del tiempo en seguir a Ariadna. Una mezcla de deformación profesional y una atracción que nunca antes había sentido por alguien.

Tras encontrar el cadáver, Ariadna había pasado casi veinticuatro horas en la policía. La mañana después de que la liberaran la dedicó a recoger sus cosas de casa de Lloyd escoltada por un agente. La tarde, a asistir al funeral.

Quizá lo más importante de los últimos tres días era que la policía no me había venido a buscar. Eso significaba que Ariadna no sospechaba de mí.

—¿Visitaste todos los lugares que querías? —me preguntó Mónica.

—No, pero el trabajo me obliga a volver.

—Qué lástima. Bueno, si tenés tiempo, dale una mirada a esto.

Puso sobre la mesa un gran libro titulado *La inmigración europea en la Patagonia durante 1850-1950*.

—Me lo prestó un amigo —me dijo mientras llenaba mi taza de té—. Seguro que encontrás apellidos muy interesantes.

—Muchas gracias.

La imagen en la portada del libro era una fotografía en blanco y negro de una familia posando frente a una casa de madera con techo de paja. Padre con tupido bigote y raya al medio, madre con vestido largo y niño con chaleco de lana. Como casi siempre que miro imágenes viejas, pensé en que todos ellos ya estaban muertos y me pregunté si alguien todavía los recordaría. Y mientras me planteaba todo esto, pensaba en Cipriano Lloyd.

Abrí el mamotreto y fui pasando páginas al azar hasta que la foto de una mujer de piel chupada, ojeras y unos ojos que parecían asustados ante la cámara me obligó a detenerme. El epígrafe decía:

Al venir de Hungría, todas mis pertenencias eran los anillos de oro que mi madre había heredado de mi abuela y el poco dinero que conseguí tras vender todo lo que tenía. El total de mi patrimonio cabía en la palma de la mano. Viví esas primeras semanas con pánico a que me robaran. Cada día, lo primero que hacía al volver al hotel era abrir la caja fuerte que habíamos alquilado. Pensaba: «Ahora la encuentro vacía».

«Un hotel que alquilaba cajas fuertes», pensé. Quizá lo que había sucedido cuando Lloyd había acudido al bar de ese hotel tenía otra interpretación.

Al levantar la vista del libro, Ariadna Lafont estaba de pie frente a mí.

—Hola —me dijo.

Había seguido sus pasos tan de cerca en la última semana que tuve que hacer un esfuerzo para recordar cómo habíamos dejado las cosas la última vez que hablamos cara a cara. Ella me dio un libro de Saint-Exupéry y me dijo que regresara a Barcelona.

—Pensé que no querías verme de nuevo.

—Las cosas han cambiado. Han asesinado a Lloyd.

Intenté conjurar una cara de estupefacción.

—¿Qué dices?

—Lo encontré hace tres noches, al volver de una conferencia en Puerto Madryn. Creo que lo han torturado. Le faltaban todos los dedos de un pie.

La expresión de espanto me salió fácil. Solo tuve que rememorar el pie mutilado.

—Por Dios. ¿Has avisado a la policía?

—Por supuesto. Pasé un día entero en la comisaría demostrando que cuando lo mataron yo estaba en Puerto Madryn.

Eso a mí me constaba.

—Si estás aquí es porque te creyeron.

—No fue nada fácil. Llamaron a decenas de personas para que confirmaran que estuve allí durante los tres días de la conferencia. Después examinaron los registros de la compañía de teléfonos para asegurarse de que mi móvil únicamente se conectó a antenas de Puerto Madryn durante todo ese tiempo. Y, por supuesto, me hicieron mil preguntas.

—¿Les dijiste que vivías con Lloyd?

—Claro. No tengo nada que ocultar.

—Entonces me sorprende que te hayan soltado tan pronto.

—Pedí ayuda diplomática e intervino un abogado del consulado español. Según la ley, no me podían tener retenida más de unas horas sin pruebas.

—Sé que no me has pedido consejo, pero quizá es el momento de volver a Barcelona, ¿no crees?

—No puedo, al menos durante unos días. Estoy libre, pero sigo siendo una persona de interés en la investigación del homicidio. Y, aunque pudiera...

Ariadna miró a un punto indefinido. Parecía estar decidiendo qué me decía y qué no.

—Aunque pudieras, ¿qué?

—Es largo de explicar.

Señalé toda la comida que Mónica había puesto sobre la mesa.

—Voy a tardar un buen rato en desayunar, así que adelante.

Ariadna suspiró y empezó por morder un *scone*.

—Lloyd y yo teníamos un acuerdo un poco extraño. En la embajada dije que todavía no había terminado de estudiar el manuscrito por lo difícil que resulta descifrar la letra de Saint-Exupéry. Pero la verdad es que no he tenido acceso al texto entero. Lloyd me daba una página cada tres días a cambio de mi compañía.

—¿Qué clase de compañía?

—La que le haría una nieta a su abuelo. Él había perdido a su nieta hacía unos años y decía que yo me parecía a ella. Antes de que preguntes, eso no se lo conté a la policía, solo que Lloyd me dejaba estudiar el manuscrito, pero no les di detalles del acuerdo. Me habría dejado en una muy mala posición, por más que el mismísimo papa jurara que estuvo conmigo los tres días en Madryn.

—¿Qué les dijiste cuanto te preguntaron dónde estaba el manuscrito?

—La verdad. Que Lloyd lo tenía guardado fuera de la casa, que nunca me había dicho dónde y que lo traía de vez en cuando para que yo lo fuera estudiando. Lo único que les oculté fue que me daba una página cada tres días.

—¿No te preguntaron por qué vivías con él?

—Claro. Y también les dije la verdad. Que estudiar un manuscrito como ese supone mucho tiempo y que Lloyd no estaba dispuesto a que yo me lo llevara a ningún sitio. La única forma en la que él accedería a dejarme estudiarlo era si lo hacía en su casa. Me ofreció vivir allí y yo acepté. De paso, me ahorraba el alquiler.

—En cuanto sepan el dinero que tiene tu madre, lo del alquiler perderá fuerza.

—Tengo treinta y cuatro años. Legalmente mi madre no tiene por qué darme un euro.

Tomé un sorbo de té.

—¿Qué crees que ha pasado? —le pregunté.

—Está bastante claro. El atacante sabía que ese manuscrito vale una fortuna y lo torturó para que confesara dónde lo tenía guardado. Por las preguntas que me hizo la policía, creo que ellos manejan la misma hipótesis.

Incluso con todas estas explicaciones, me pareció extraño que la policía la dejara en paz tan pronto. Iba a hacerle más preguntas al respecto, pero se llevó la taza a la boca y noté un ligero temblor en su mano. Ella lo advirtió.

—Cipriano está muerto por mi culpa —dijo.

—¿Qué quieres decir?

—Si yo no hubiese hablado del manuscrito en la embajada y en Madryn, mucha menos gente sabría de su existencia. Cualquiera que me haya escuchado pudo haber rastreado a Lloyd.

—¿Por qué lo hiciste entonces?

—Estaba enfermo. Decía que no le quedaban muchos años de vida. Y, como no tenía herederos, parte de nuestro acuerdo era que cuando yo terminara de estudiar el manuscrito, quedaría para mí. No tenía ningún interés en vender.

—Pero tú sí, y por eso anunciaste el manuscrito en la embajada.

—Sí.

—¿Por qué no esperar a tenerlo?

—Porque no perdía la esperanza de convencerlo de que me dejara ver el texto entero. Creí que, si conseguía una oferta de alguna institución pública, como una biblioteca, Cipriano accedería a la venta para que el documento estuviera a disposición de todo el que quisiera consultarlo. Él conocía la importancia histórica de esas páginas y, en el fondo, sabía que estaba mal que las tuviera guardadas. Y, si yo lograba esa venta, lograría también estudiar el resto del manuscrito de una vez.

—Lo de darte páginas una a una es un acuerdo bastante extraño, ¿no te parece?

—Claro que me parece, y la mayoría de la gente no lo entendería. Pero Cipriano era un gran amante de la historia y tenía muy pocas personas con las que compartir su afición. Por eso me planteó ese trato, que siempre respeté. Me decía que por momentos yo le hacía sentir que había recuperado a su nieta.

Decidí, al menos por ahora, no revelarle que la foto de la supuesta nieta había sido descargada de internet.

—Supongo que tendrás un motivo para explicarme todo esto.

Bajó la mirada y apartó una miga que le había caído en el pecho.

—No me puedo ir sin ese manuscrito. Necesito que me ayudes a encontrarlo.

—No puedo.

—¿Cómo que no puedes? Eres detective privado, ¿no?

Mastiqué un trozo de la densa torta galesa para ganar tiempo.

—Tu madre me contrató para saber en qué te habías metido. Con Lloyd muerto, mi trabajo está terminado. Tengo que volver a España y conseguir nuevos clientes para pagar las facturas.

—Podría contratarte.

—¿Con dinero de mamá?

—No. Mi madre lo último que haría es financiarme un minuto más en la Patagonia.

Después de mi última conversación con Rebeca, no estaba tan seguro.

—¿Entonces?

—¿Qué más da? Tú me dices cuánto cobras y, si me parece bien, te pago. ¿O acaso cuando mi madre te contrató le preguntaste de dónde sacaba la pasta?

No lo había hecho. Y quizá había sido un error.

Aquel era el momento de decirle a Ariadna que no, pero sospechaba que no era el tipo de persona que aceptaba fácilmente una negativa. Opté por que fuera ella quien decidiera no contratarme.

—¿Por qué es tan importante para ti Saint-Exupéry?

—Porque soy igual a él. Una niña atrapada en un cuerpo de adulta. Me identifico con cada palabra que escribió ese hombre. Aprendiendo sobre él, aprendo sobre mí misma. ¿Cómo no voy a querer leer hasta la última de las servilletas en las que garabateó?

—No te creo. Pareces dispuesta a poner demasiado en juego.

Ariadna soltó un largo soplido con la nariz.

—¿Qué más da eso? ¿A todos tus clientes les preguntas sus motivaciones?

—No trato a todos mis clientes por igual. ¿Quieres que te ayude? Entonces respóndeme.

—No mucha gente me entiende cuando lo explico.

—Pruébame.

—Cuando terminé la carrera de periodismo en la universidad, trabajé un tiempo en el periódico *La Vanguardia*. Un día escribí un artículo sobre el trabajo de los editores que publican libros de autores que ya están muertos basándose en manuscritos. La preparación del artículo me llevó a sumergirme en un mundo que me pareció fascinante.

—Supongo que ese artículo mencionaba a Saint-Exupéry.

—Uno de los que más. En parte por todo el mito alrededor de él y lo ilegibles que son sus borradores, y en parte por el sesgo personal. De pequeña me enamoré perdidamente de *El principito* y durante la adolescencia devoré su obra entera. Esa pasión continúa hasta hoy.

Ariadna sonrió, como si acabara de darse cuenta de algo.

—En realidad —añadió—, el simple hecho de que esté aquí, escribiendo mi tesis de doctorado sobre él, debería convencerte de lo importante que es para mí. Son años de trabajo.

—No te estoy pidiendo que me convenzas de tu obsesión, sino que me expliques de dónde viene.

Ariadna hizo una pausa. Tuve la sensación de que no había parado para pensar la respuesta, sino para decidir si me la daba o no.

—Dices que has leído *El principito*, ¿verdad?

—Sí.

—¿Te has fijado en lo solo que está en su planeta?

—Tiene a la rosa.

—Exacto. Una rosa manipuladora, vanidosa y egoísta.

Ariadna se aclaró la garganta antes de continuar.

—Yo no soy el principito. No lo soy. Pero eso no me impide deshacerme ante la belleza del texto. Además, Saint-Exupéry no es el único motivo por el que estoy aquí.

—¿Cuál es entonces?

Señaló alrededor.

—La Patagonia. Desde que leí a Chatwin, tengo fascinación por esta región lejana, misteriosa, despoblada…; todo lo contrario a donde crecí. En cuanto supe que Saint-Exupéry había pasado más de un año volando por aquí, sentí que dos de mis grandes pasiones se alineaban. Por eso decidí escribir mi tesis sobre *Vuelo nocturno*, la novela que escribió en Argentina. ¡Imagínate cuando llegó a mis oídos que Lloyd tenía un manuscrito!

Omití preguntarle quién era Chatwin. Ya lo buscaría en internet.

—¿Cómo entraste en contacto con Lloyd?

—En cuanto llegué a la Patagonia, hace casi un año, comencé a entrevistar a pilotos, coleccionistas e historiadores sobre Saint-Exupéry. Supe pronto que se había hospedado varias veces en el hotel Touring de Trelew, que hoy sigue funcionando y es también una especie de museo. El dueño me contó lo que sabía, que no era mucho. Pero un tiempo después me llamó para decirme que uno de sus clientes había mencionado alguna vez algo de un manuscrito y que, tras consultarlo, había dicho que no tenía problema en hablar conmigo. Se trataba de Cipriano Lloyd.

«Touring», pensé. Ese era el nombre del hotel en cuyo bar había entrado Lloyd el día que lo seguí.

—Mi primer contacto con Cipriano fue una merienda en su casa. Allí me mostró una página que sin duda era de puño y letra de Saint-Exupéry. Le pregunté si había más y me dio otra. Dijo que en total eran más de cien. Cuando le pedí consultarlas todas, se negó alegando que no me conocía y que no sabía si podía confiar en mí. Por eso me propuso dejarme ver una página por semana.

—¿No era una cada tres días?

—Inicialmente no. Él se mostraba muy desconfiado. Así que yo iba a su casa cada jueves, fotografiaba la página, la miraba un rato y después hablaba con él. Nos caímos bien. Nunca tuve una figura masculina en mi vida más allá de las parejas de mi madre. Con Cipriano sentí que, de alguna manera extraña, conectaba. A pesar de que nos llevábamos cuarenta años y que nos habíamos criado en ambientes absolutamente diferentes, nos unía la pasión por la historia. Me fascinaba oírlo hablar sobre sus antepasados galeses y sobre la época de oro de la Patagonia. Era casi como si el abuelo que nunca tuve me contara cuentos.

Con cuarenta años de diferencia, me extrañó que lo viera como un abuelo y no como un padre. Supuse que se debía a que Rebeca le llevaba solo dieciocho.

—Incluso escribimos juntos un artículo sobre la inmigración galesa en la Patagonia para uno de los diarios con los que colaboro —añadió—. Por todo esto, al mes y medio de conocerlo me planteó que viviera en su casa a cambio de acelerar el ritmo a una página cada tres días. Ponte en mi situación. Había venido buscando testimonios para la tesis y acabé descubriendo un manuscrito. Es como ir a pescar a un río y terminar encontrando oro. Además, Cipriano estaba enfermo y no tenía familia. Me dijo que me lo pedía en parte porque le daba pánico morir solo.

Recordé las toses en las grabaciones.

—¿Sabes dónde guardaba el manuscrito?

—No. Y me había dejado muy claro que, si intentaba averiguarlo, no vería una sola página más. Ahora que él no está, la única forma de finalizar el estudio es dar con el manuscrito por mi cuenta.

—Supongamos que lo encuentras. ¿Qué harás con él cuando termines de analizarlo?

Sus ojos serios no dejaban lugar a dudas. Sabía de lo que le estaba hablando.

—Venderlo. Puedo ofrecerte una parte. Esto podría ayudarte a solucionar tus problemas económicos.

La frase me cayó como una bofetada.

—¿Cómo sabes…?

—Lo ha mencionado mi madre. Nos contamos casi todo.

No quise ni saber en qué contexto se lo habría dicho.

—Podemos venderlo en cuanto lo encontremos. Para estudiarlo no necesito el original. Me basta con una versión digitalizada.

Di un largo sorbo a mi té.

—Dices que te darás prisa en venderlo por mí, pero me da la sensación de que a ti también te interesa hacerlo cuanto antes. ¿Me equivoco?

Ariadna agachó la mirada.

—No te equivocas. Necesito ese dinero para ser libre de la influencia de mi madre.

Me sorprendió la sinceridad. Tenía la sensación de entender cada vez menos la relación entre madre e hija.

—Si te ayudo, son doscientos euros por día. Las primeras dos semanas me las pagas por adelantado y no son retornables.

Pasar un presupuesto demasiado alto es la mejor manera de sacarse de encima a un cliente con el que no se quiere trabajar. El truco lo usan desde albañiles y niñeras hasta abogados y consultores. Don Corleone hablaba de hacer una oferta que no se pudiera rechazar, pero nadie enaltece el valor de una imposible de aceptar.

—¿Dos mil euros?

—Dos mil ochocientos. Los fines de semana también trabajo.

—¿Hablas en serio?

—Muy en serio.

—¿Eso le cobras a mi madre?

—No, a tu madre le cobro más. A ti te hago precio especial porque, si lo encontramos, quiero el cincuenta por ciento de la venta.

Ariadna Lafont me miró incrédula.

—El veinticinco.

—No es una negociación. El cincuenta o nada.

Se sirvió una taza de té con parsimonia y mojó en ella un pedazo de torta galesa.

—Dame tu número de teléfono —me pidió tras tragar el primer bocado.

—¿Para qué?

—Para enviarte el dinero. Empezamos ahora mismo.

No pude recular. Tres minutos más tarde, los dos mil ochocientos euros cayeron en mi cuenta como la primera lluvia después de un verano de sequía. Mi estrategia para quitármela de encima no había funcionado, pero al menos tenía suficiente para pagar el sueldo atrasado de Marcela, el alquiler de mi despacho-casa y reducir un poquito la deuda de la tarjeta de crédito.

—Si vamos a trabajar juntos, necesito que me cuentes todo lo que sabes de ese manuscrito —le dije.

20

—Antoine de Saint-Exupéry iba con una libreta a todos lados —me explicó Ariadna—. No solo esbozaba en ellas los primeros borradores de sus novelas, sino que también garabateaba frases, problemas matemáticos, dibujos, listas de cosas para hacer... Las libretas eran una extensión de su cerebro. —Hizo una pausa para servirse una nueva taza de té—. Hoy la mayoría de esas libretas está en museos, colecciones privadas o en la biblioteca de los herederos de Saint-Exupéry.

—¿Cómo es que Lloyd te daba páginas sueltas? ¿Las iba arrancando? Eso es casi una herejía, ¿no?

—No, no. Cipriano jamás habría hecho una barbaridad así. Las páginas del manuscrito están sueltas porque algún dueño anterior deslomó la libreta. Y aunque sí, parece una herejía, seguramente lo hizo para preservarlas. Sin un plástico que las proteja, se habrían desintegrado después de tantos años. Es papel del más ordinario.

—O sea que ahora el manuscrito está dividido. Tú tienes las páginas que él te dio y quieres que te ayude a encontrar el resto.

—No. Cada vez que él me daba una página nueva, se llevaba la anterior. Era él quien tenía el manuscrito entero, salvo por la página que yo estaba estudiando en ese momento.

—Entiendo.

—Tengo fotografías de todas las que me mostró. Puedo pasártelas.

—Vale.

Un minuto más tarde, Ariadna me había enviado un enlace a una carpeta con ochenta y una páginas fotografiadas.

—¿De dónde sacó Lloyd el manuscrito? —pregunté mientras ojeaba las imágenes amarillentas, llenas de garabatos ininteligibles para mí.

—Lo ganó jugando al póquer a un hombre que estaba de paso por Trelew. Recordaba su nombre e intenté dar con él para preguntarle la procedencia, pero ya había fallecido y su familia no sabía nada de ningún manuscrito. Así que nunca sabremos de dónde salió, aunque, considerando que Saint-Exupéry era una persona muy distraída y que se pasó casi un año y medio llevando y trayendo correo por varias ciudades de la Patagonia, no sería raro que hubiese perdido la libreta en una escala.

Los ojos de Ariadna me advirtieron de que prestara atención a lo que estaba por decirme.

—Piensa que Saint-Exupéry murió hace casi ochenta años. La mayoría de lo que escribió ya se conoce y se ha estudiado. Conforme pasa el tiempo, es menos probable que aparezca un manuscrito nuevo. Estamos hablando de un documento muy muy muy importante.

—¿Podría venderse por mucho dinero?

—Muchísimo.

—Define muchísimo.

—A ver, para que te hagas una idea, en este momento hay a la venta cuatro páginas de Saint-Exupéry con un dibujito por veinte mil euros en Alemania. Y el último borrador completo que salió a subasta fue un capítulo de *Tierra de los hombres*. Lo compró en 2009 el Museo de las Cartas y Manuscritos de París por más de trescientos mil euros.

—¿Crees que este podría valer más?

—Mucho más. En 2012 aparecieron dos hojas con un capítulo inédito de *El principito*. En ellas, el principito se encuentra con un crucigramista que está muy ocupado buscando una palabra de seis letras que significa gargarismo. Salieron a subasta con un valor estimado de cincuenta mil euros y terminaron vendiéndose por trescientos cincuenta mil. ¡Dos páginas, trescientos cincuenta mil euros! Si por dos páginas pagaron esa fortuna, imagínate lo que puede valer el manuscrito de Lloyd, que contiene más de cien y donde está gran parte de lo que luego se convirtió en *Vuelo nocturno*.

Nos sumimos en un silencio. Yo intentando comprender que unas hojas escritas a mano pudiesen valer mucho más que la casa de mis sueños. Ella pensando quién sabe en qué.

—¿Había alguien al tanto del acuerdo que tenías con Lloyd?

—Nadie. Pero muchos estaban al corriente de que yo estudiaba un manuscrito en poder de un hombre de la Patagonia. Todos los asistentes a la fiesta en la embajada, por ejemplo. Si no hubieras estado tan ocupado con Jane Winterhall, habrías oído lo que dije.

Tuve que hacer un esfuerzo para reprimir una sonrisa.

—Así que por eso te fijaste en mí. Porque estaba haciendo compañía a Jane y no obnubilado con el centro de atención.

—¿Qué puedo decir? Me gusta que me escuchen cuando hablo.

—Escuché atento toda tu charla.

—Pues muy atento no estarías porque dije clarito que un hombre de la Patagonia me estaba dejando estudiar el documento.

—Pero ¿cómo sabían los torturadores que te lo racionaba?

—No lo sabían. En la embajada dije que no había terminado de estudiarlo, pero no expliqué el motivo. Quienes torturaron a Lloyd seguramente no tenían ni idea de nuestro arreglo. Simplemente lo presionaron para que confesara dónde lo tenía guardado.

—No creo que nadie aguante que le arranquen todos los dedos de un pie sin hablar.

—En ese caso, estaremos buscando también a su asesino.

Me tomé unos segundos para procesar todo aquello y bajarlo con un trago de té con leche.

—¿Cómo llegaste a Trelew antes que yo? —pregunté.

—¿A qué te refieres?

Después de la fiesta en la embajada, tomé el primer vuelo. ¿Cómo puede ser que tú llegaras antes?

—El primer vuelo con una aerolínea, querrás decir.

—¿Viniste en un avión privado?

Ariadna me respondió con una sonrisa.

—¿Eso no es carísimo?

—Es carísimo si vas en un jet con butacas de piel y un whisky en la mano. Pero si estás rodeada de fans de la aviación civil, no es difícil que alguien tenga sitio en una avioneta de los años setenta.

—No sé si entiendo.

—Saint-Exupéry es un ídolo en el mundo de la aviación. En la embajada había al menos cuatro personas de la Patagonia que habían venido en sus avionetas a la ceremonia. Una de ellas era de Trelew y se ofreció a traerme al día siguiente a primera hora.

—¿Cómo se llama? ¿Le revelaste algo más de tu acuerdo con Lloyd?

Ariadna negó con la cabeza.

—Puedo darte toda la información que quieras de él, pero estaba conmigo en Puerto Madryn el día que asesinaron a Lloyd.

Una vibración en la mesa interrumpió nuestra conversación. Era mi teléfono, y en la pantalla me mostraba una llamada entrante que no podía ignorar.

21

Le pedí a Ariadna que me disculpara y salí al patio de la hostería para atender a mi hermana.

—Romi, ¿qué hacés?

—Pues aquí, en casa de mamá. ¿Y vos?

—En Gaiman, cerca de Trelew.

—Tengo malas noticias, Santi.

—¿Pasó algo con mamá?

—Marcela se vuelve a Honduras.

—¿Qué? Pero si le faltan apenas unos meses para conseguir los papeles.

—Su madre acaba de morir.

—Mierda.

Marcela llevaba dos años trabajando con nosotros. En cuanto cumplió los tres años de residente ilegal que exige el gobierno español para poder pedir que te asciendan a residente legal, le hicimos el precontrato. A base de pasar tiempo juntos, esa hondureña divertida se había convertido en una especie de apéndice de nuestra familia cuyo rol de cuidadora de mamá por momentos se mezclaba con el de nuestra amiga y confidente.

Si para nosotros, que nos fuimos a España con todos los papeles, la transición había sido dura, lo de Marcela era una odisea. Tres años viendo a su hija a través de una pantalla. Tres años sin poder viajar, abrir una cuenta en el banco, trabajar en blanco, ni cotizar para la jubilación. Tres años siendo invisible para un sistema que no se sostendría sin ella.

—Está en shock —añadió Romi—. Dice que no puede quedarse a ocho mil kilómetros mientras entierran a su madre. Te necesito aquí, Santi. Si Marcela se va, hay que cuidar a mamá hasta que consigamos un reemplazo.

—Escuchame, acabo de conseguir un nuevo trabajo en Argentina. Me van a pagar muy bien. De hecho, cobré las primeras semanas por adelantado. Te puedo enviar ya mismo el dinero para que busques…

—No puedo, Santi. ¿De dónde querés que saque tiempo?

—De eso a lo mejor sí que podría encargarse Antonio.

Mi hermana soltó el aire al oír el nombre de su marido.

—Antonio apenas puede consigo mismo —susurró.

Supe que por ahí no podía seguir. ¿Qué podía saber yo de criar una niña de ocho años y dos gemelos de seis meses con un marido deprimido?

—No entiendo. ¿Qué va a hacer Marcela? Su madre ya está muerta. ¿Le hablaste de papá?

—¿De papá?

—De lo que hicimos nosotros cuando murió papá.

—Sabés que no me gusta hablar de eso.

—A mí, en cambio, me encanta.

—Santi, no tengo energía para discutir. Volvé y encargate de mamá o haz algo. Pero hazte cargo tú esta vez.

—Romi, yo me hago cargo de mamá igual que vos. Todo lo pagamos a medias. Si me dices que la vaya a buscar, voy. Si quieres que ponga más de mi parte, solo tienes que decírmelo.

—Ese es el problema. Vos te hacés cargo de la mitad de la ejecución. Pero la carga mental…

Mi hermana hizo una pausa para tomar aire.

—¿Cada cuánto tiene visita con el neurólogo? —preguntó.

—¿A qué viene esto?

—¿Cada cuánto?

—Dos o tres veces por año.

—¿Dos veces o tres veces?

—Así, de sopetón, no lo sé exactamente. Diría que tres.

—¡Dos! Y si yo no te recordara cuándo son, entonces nunca. Vos ejecutás muy bien tu mitad, pero la que se encarga de pensar soy yo.

Me mordí la lengua. Me molestaba cuando mi hermana tenía razón. Y me molestaba que me molestara.

—Romina, necesito que hagas un último esfuerzo. Si esto sale bien, vamos a poder ponerle una segunda cuidadora a mamá, que es lo que realmente precisa. Y podremos respirar un poco.

Le hablé del manuscrito de Saint-Exupéry.

—O sea, te vas a buscar la Atlántida.

—No. Este manuscrito es real. Tengo fotos. Mi clienta lo tocó con sus propias manos. Y se acaba de comprometer a darme la mitad de la ganancia de la venta. Estamos hablando de cientos de miles de euros, Romina.

—Eres un *somiatruites*.

Mala señal. Mi hermana solo usaba palabras en catalán para reprender a mi sobrina Eva.

—Hagamos una cosa, Romi. Si consigo que Marcela se quede, ¿te parece bien que yo siga trabajando acá en Argentina?

—No te corresponde decirle a Marcela que se quede. Es su decisión.

—Por supuesto, pero creo que está cometiendo un error.

—Yo también, pero…

—Por el cariño que le tenemos, creo que debo decirle lo que opino.

—¿Qué le vas a decir? ¿Que no vaya al entierro de su madre?

—No. Le voy a hablar de papá.

22

Tras cortar la conversación con mi hermana, llamé a Marcela.

—Hola, Santi. ¿Cómo va todo por Argentina? —me preguntó con ese acento dulce.

—Bien, gracias. Romina acaba de contarme lo de tu madre. Lo siento mucho.

—Sé que a ustedes les causa un problema que me vaya, pero es lo que tengo que hacer.

—Por supuesto, Marcela. Ahora no es momento de pensar en mi mamá ni en mi familia, sino en vos.

—Muchas gracias.

—Volverás a ver a tu hija, podrás abrazarte a tus hermanos en un trance tan duro y despedir juntos a tu madre.

—Claro.

—Pero pensar en vos también significa pensar en tu futuro. Sé que me estoy metiendo donde no me llaman, pero creo que deberías imaginarte qué va a pasar después del entierro. Una semana después. Un mes. Un año...

—¿Qué quieres decir?

—Que en Honduras la gente seguirá con sus trabajos, sus familias, sus ocupaciones. Pero tus últimos tres años están en España. Si cuando regreses a tu tierra decidís quedarte porque el corazón te lo pide, genial. Pero ¿y si te pide volver a España? Esa es una puerta que no podrás abrir de nuevo. Si te deportan, no te dejarán volver a entrar a Europa por diez años.

Se hizo un silencio en la línea.

—Si pienso con la cabeza, sé que es un error, pero el corazón me dice que tengo que enterrar a mi mamá.

—El corazón es bueno para tomar las decisiones de hoy, pero para las de mañana es mejor la cabeza. Imaginate dentro de diez años. ¿Te arrepentirás más de no haber enterrado a tu madre o de haber renunciado a tu vida en España?

—Eso es muy difícil. Cuando se toma una decisión, no se puede saber qué hubiera pasado si se tomaba la otra.

—Pero podés imaginarlo.

Marcela no contestó.

—¿Sabés por qué mi familia se mudó a España? —le pregunté.

—Por el corralito, porque tu madre es española y porque tú naciste acá.

—Correcto. Pero también por lo de mi padre.

—¿El accidente?

Cerré los ojos. Veinte años después, todavía se sentía como si un gato me arañara por dentro.

—Marcela, mi padre no murió en un accidente. Eso es algo que siempre dijimos porque a mamá le daba vergüenza la verdad.

—¿Lo mataron?

«Sí, un gobierno de corruptos», pensé.

—No. Mi padre heredó una tienda de vinos de un primo lejano que tenía en Argentina. El negocio llevaba en la familia dos generaciones, y cuando viajó para venderlo, se encontró con una tienda preciosa, grande y muy próspera. Hace cuarenta años era uno de los pocos comercios especializados en vino de calidad de todo Buenos Aires. Se enamoró de ese lugar y decidió mudar la familia a Argentina, que acababa de volver a la democracia. Todo esto al poco tiempo de que yo naciera.

—Sí, esta parte me la contaste.

—Casi veinte años después, cuando en Argentina decretaron el corralito, el país entró en una crisis bestial. Mi padre no pudo hacer frente a las deudas y perdió el negocio. Y no tuvo mejor idea que intentar recuperarlo jugando a las cartas.

—Ay, Dios mío —exclamó Marcela.

—Una noche forzó la entrada al local, que ya no era suyo, y se colgó de una de las vigas. Lo encontró un vecino cuatro días después y me llamó a mí. Fui yo quien tuvo que descolgarlo.

—Qué horror. Lo siento mucho.

—Gracias. A veces creo que mamá está tan mal por la vida tan dura que tuvo. Primero el corralito, después lo de mi padre y, para terminar de rematarla, cuando había un hilito de esperanza... Bueno, esa parte ya la sabés.

—Pobre doña Ramona.

—Con lo que te está pasando, te preguntarás por qué te cuento esto en vez de consolarte.

—No, me alegra que me lo hayas contado —me dijo Marcela con su cortesía servil de siempre.

—Antes de que mi padre falleciera, en nuestra familia ya se hablaba de volver a España. Teníamos ese plan. Y después de lo de papá, fue muy difícil. Vos sabés bien que cambiarte de país lleva mucho esfuerzo. Y un suicidio en la familia es un agujero negro que absorbe absolutamente toda la energía.

—Pero igual lo hicieron.

—Igual lo hicimos. Y ya nos ves, estamos en la cresta de la ola. Debiéndote dinero a vos y a medio mundo.

Oí que Marcela reía al otro lado de la línea. No le vendría mal.

—Lo cierto es que nos mudamos a España y nos fue fatal. Más de una vez me pregunté si no estaremos malditos o algo así. Pero ¿sabes qué? Habría sido peor quedarnos. Renunciar a un sueño deja una duda para siempre. Si nos hubiéramos quedado, ante cada problema pensaríamos: «Si me hubiera ido a España, esto no me estaría pasando». Sería una mentira grande como una casa, porque, como vos misma me acabás de decir, no se puede saber qué habría pasado de haber tomado una decisión diferente. Pero nuestro cerebro idealiza las oportunidades a las que renunciamos.

Tragué saliva. Hacía años que no hablaba con nadie de mi padre, y cada palabra me dolía al pronunciarla.

—Marcela, tu sueño es traerte a tu hija a España y ofrecerle un buen futuro, ¿no?

—Sí.

—Bueno, si te vas ahora a Honduras, pensá en la cantidad de veces que te preguntarás «qué habría pasado si».

Del otro lado, la línea permaneció muda.

—No sé si te sirve de algo todo esto, pero no quería dejar de contártelo —añadí.

—Claro que me sirve.

—¿Puedo pedirte que lo pienses un poco más antes de tomar una decisión definitiva?

—Sí, Santi.

—Gracias.

Cuando colgué, la congoja me apretaba por todos los flancos. Por un lado, hablar de papá siempre era difícil. Y por otro, aunque yo creía genuinamente que Marcela estaba cometiendo un error, en mi pedido había un conflicto de intereses brutal. ¿Qué parte de mí le había hablado por su bien y qué parte por el mío?

Tuve poco tiempo para el debate interno, porque un minuto después Ariadna salió al patio y me miró con los ojos extraviados. Estaba pálida y tenía la frente perlada de sudor.

—¿Qué pasó? —le pregunté.

—No lo sé, pero es muy grave.

23

Sin pronunciar palabra, Ariadna me dio su teléfono. En la pantalla había una noticia publicada el día anterior en uno de los diarios más grandes de España.

ROBAN UN MANUSCRITO DE ANTOINE DE SAINT-EXUPÉRY EN PARÍS

En una conferencia de prensa esta mañana, Claudine Parat, la responsable de manuscritos de la Biblioteca Nacional de Francia, con sede central en París, ha anunciado el robo de un manuscrito original de puño y letra de Antoine de Saint-Exupéry. Se trata de *Vol de nuit* (*Vuelo nocturno*), una novela escrita por el autor durante su etapa como piloto de correos en Argentina, trece años antes de su célebre *El principito*.

Según Parat, los ladrones entraron armados y obligaron al personal de seguridad a abrir la sala donde la biblioteca conserva los manuscritos más valiosos. «Sabían muy bien lo que querían», declaró Parat.

El caso está en manos de la Policía Nacional de Francia, que, por el momento, no ha hecho ninguna declaración. La Biblioteca Nacional, por su parte, ofrece una recompensa de diez mil euros por información que lleve a la recuperación del documento desaparecido.

—*Vuelo nocturno* —dije—. Es la misma novela que la del manuscrito de Lloyd, ¿no?

—Sí. El manuscrito de París es el que Saint-Exupéry terminó mecanografiando para entregárselo a Gallimard, su editorial, cuando volvió de Argentina a Francia. Últimamente he consultado mucho la versión digitalizada. Los pasajes están más pulidos que en el de la Patagonia, porque es posterior.

—Sería demasiada casualidad que hubiese dos incidentes con dos manuscritos de *Vuelo nocturno* con tan pocos días de diferencia.

—No es ninguna casualidad.

Ariadna conectó unos auriculares a su teléfono y me los ofreció. Cuando me los puse, reprodujo un vídeo.

De fondo ardía una chimenea. En primer plano, unas manos de hombre enfundadas en guantes de látex sostenían un fajo de hojas de papel. La primera de ellas tenía impresa una única palabra: ARIADNA.

La mano arrugó la página hasta transformarla en una pelota y la tiró al fuego. Las llamas ganaron intensidad. El siguiente papel era amarillento y escrito con letra apretada.

Después, una voz sintética habló en inglés:

«Entrégueme el manuscrito de la Patagonia. En cuanto lo haga, devolveré el manuscrito de París a la Biblioteca Nacional».

La voz robótica hizo una pausa y la mano enguantada acercó los papeles a las llamas.

«Pero, si no lo hace, quemaré el manuscrito. Tiene una semana. Si habla con la policía, el de París no será el único original de Saint-Exupéry en desaparecer».

Cuando levanté la vista del teléfono, Ariadna seguía mirando la pantalla como si fuese a encontrar en ella la respuesta a todas sus preguntas.

—¿Crees que está relacionado con la muerte de Lloyd? —le pregunté.

—Puede ser. Si no confesó, quizá decidan seguir conmigo.

Ariadna guardó el teléfono y se llevó las manos a la cabeza.

—Pero a ti no te han torturado.

—Quizá sospechan que no sé dónde está el manuscrito. Pero si me amenazan es porque creen que puedo averiguarlo.

—Al menos no han secuestrado a un familiar ni harán nada que te perjudique directamente.

—No, harán algo mucho peor. Destruirán una pieza única de la historia de la literatura.

—A lo mejor no es para tanto.

—Hay gente, entre la que me incluyo, para la que destruir una pieza única en la historia de la literatura es sacrílego. Desde luego, hay otros que no. Ese es un eterno dilema en el mundo del arte. ¿Hasta dónde llegar para salvar una obra? No hay una respuesta correcta. Habrá quien dé la vida y habrá quien no esté dispuesto a mover un dedo. Esto es como hablar de política: es muy difícil que los de un bando entiendan a los del otro.

Señaló la pantalla de su teléfono.

—¿Has empezado a leer el libro que te di?

—Todavía no.

—Entonces fíate de una experta. Saint-Exupéry es comparable a Miguel Ángel o a Leonardo. No puedo dejar que destruyan una de sus obras maestras.

Recordé la conversación con su madre en mi despacho. «Saint-Exupéry es su mundo», había dicho Rebeca Lafont.

—¿Qué te hace pensar que, si encuentras ese manuscrito y lo entregas, esta persona cumplirá su palabra?

—¿Qué otra opción tenemos?

No me gustaba que hablase en plural, pero decidí no contradecirla. Ariadna ya tenía suficiente estrés como para que encima yo le sumara más.

—¿Al menos sabes por dónde empezar a buscar? —pregunté.

—Creo que sí. ¿Has estado alguna vez en un observatorio astronómico?

24

Ariadna estacionó el Peugeot 208 a orillas de una laguna. El único edificio a la vista, de paredes altas y redondeadas, estaba rematado por una cúpula geodésica que, sumada a la aridez circundante, hacía pensar en un asentamiento humano en otro planeta.

Al atravesar la puerta de entrada, pregunté una vez más:

—¿Qué estamos haciendo aquí?

Ariadna me ignoró nuevamente y se dirigió a una recepcionista.

—Buenos días. Venimos a ver a César Campello. ¿Sabe si se encuentra?

La mujer nos miró algo extrañada.

—Eeeh, no lo sé. A ver… —balbuceó—. ¿Quiénes lo buscan?

—Dígale que somos unos amigos de Cipriano Lloyd.

—Un segundo, por favor.

Hizo una llamada telefónica en voz baja y a los dos minutos apareció un hombre de estatura baja y un vientre abultado que tensaba los botones del uniforme azul.

—César —lo saludó Ariadna.

El hombre miró hacia ambos lados, como si alguien lo estuviera siguiendo. Del cuello llevaba colgada una credencial con su foto que lo identificaba como personal de limpieza.

—¿Qué hace acá?

—Necesito que hablemos.

—Estoy trabajando.

—Solo serán dos minutos.

El hombre miró hacia la chica de la recepción y largó todo el aire de los pulmones.

—Espérenme afuera.

Salimos del observatorio y nos quedamos cerca de la puerta.

—¿Quién es este hombre? Estaba en el funeral de Lloyd.

—Es un viejo amigo de Cipriano. De vez en cuando venía a casa a visitarlo. Buen tipo.

Diez minutos más tarde, Campello encendía un cigarrillo con la espalda apoyada en la pared trasera del edificio.

—¿Conocía el acuerdo que teníamos Cipriano Lloyd y yo? —le preguntó Ariadna.

—Sí. Me lo contó cuando usted se fue a vivir con él.

—Pues bien, sin Lloyd no tengo acceso al manuscrito.

—Si viene a preguntarme dónde están esos papeles, él nunca me lo dijo.

—Algo le tiene que haber mencionado. Usted era el único amigo que le conocí.

—No más que lo que le habrá dicho a usted. Que lo ganó jugando al póquer a un hombre que no conocía. Tampoco éramos tan amigos.

—¿Usted estaba cuando lo ganó?

—No. He tenido vicios en mi vida, pero las cartas nunca fueron uno de ellos. No sé ni jugar al truco.

—Haga memoria, por favor.

—Usted vivió con Cipriano. Sabe que no era un hombre de hacer alarde ni de ir contando su vida por ahí. Las pocas veces que le pregunté por ese manuscrito me respondió con las mismas tres frases: que se creía que era del autor de *El principito*, que lo había ganado a las cartas y que lo tenía bien guardado en una caja fuerte.

Ariadna levantó las cejas.

—¿Una caja fuerte?

—Eso dijo.

—¿Sabe dónde? Porque en la casa, que yo sepa, no hay ninguna.

Campello nos mostró una sonrisa de dientes pequeños y amarillentos. Tiró la colilla al suelo y la aplastó con el pie.

—No lo sé, pero no creo que estuviera en la casa. Además de esos papeles, Cipriano nunca tuvo mucho que guardar en una caja fuerte, sus únicas pertenencias de valor eran su casa y sus tierras. Más allá de eso, cualquier dinero extra que ganaba se lo gastaba en comprar antigüedades. Muchas de las cosas que hay en el comedor seguro que valen un montón, pero para protegerlas la propia casa tendría que estar blindada.

Ariadna siguió haciéndole preguntas, pero mi cerebro desconectó de la conversación. La mención de una caja fuerte había hecho que recordara la fotografía de la mujer húngara que había visto en el libro sobre inmigración.

—Hay algo que no te mencioné hasta ahora —le dije a Ariadna en cuanto nos despedimos de Campello.

—No esperes más.

—En mi primera visita a la casa de Lloyd, cuando simulé el pinchazo, instalé una grabadora debajo de la mesa para poder oír las conversaciones. Cuando me contaste en la hostería el tipo de acuerdo que tenías con él, yo ya lo sabía.

—Pues mejor. Así verás que no te miento.

Me llamó la atención su reacción. La mayoría de la gente muestra algún tipo de indignación cuando se enteran de que fueron espiadas.

—Espera —añadió—. En esas grabaciones puede haber quedado registrado el asesinato.

—Puede ser —me limité a decir.

—Quizá la policía encontró la grabadora y ya sabe quién es el atacante. A lo mejor es por eso que me dejaron ir tan fácilmente.

—Tiene sentido.

No podía revelarle que lo que planteaba era imposible, porque para eso debía confesarle que yo había encontrado el cadáver antes que ella.

—La batería dura dos días, así que tuve que ingeniármelas para recuperar la grabadora y cambiarla por otra.

—¿Eso era lo que estabas haciendo cuando te encontré en la casa?

—Sí.

—¿Hay algo en las grabaciones que nos pueda dar una pista de dónde está el manuscrito?

—A eso iba. Oí que Lloyd le decía por teléfono a otra persona que necesitaba una nueva página para darte. Lo seguí hasta el bar del hotel Touring. Había quedado en encontrarse con un tal Alfredo, pero entró y tomó un café él solo. Yo pensé que su contacto no había acudido, pero ahora que Campello menciona una caja fuerte...

La cara de Ariadna pareció iluminarse.

—¿Alfredo has dicho?

—Sí

—Alfredo González es el dueño del Touring, la persona que me presentó a Lloyd. ¡Cómo no pude caer antes! El manuscrito está en el hotel. Además, a Cipriano le encantaban los guiños al pasado. Tiene todo el sentido que decidiera guardarlo en el mismo hotel en el que se hospedaba Saint-Exupéry cuando volaba por la Patagonia.

25

Decidimos comprobar nuestra hipótesis. Una hora después de hablar con Campello, una mujer sexagenaria nos daba a Ariadna y a mí las llaves de nuestras habitaciones en el viejo hotel Touring.

—Gracias por elegirnos. El desayuno es de siete a once.

Supuse que no habría *scones* ni torta galesa, pero también hay que decir que valía la mitad de lo que cobraba Mónica.

Subimos a las habitaciones por una gran escalera de mármol. La mía era antigua pero correcta. Quizá el mayor pecado del sitio era la vanidad. No había rincón del hotel que no tuviera una fotografía, póster, placa de bronce o pintura haciendo referencia a un pasado glorioso. Incluso en el cajón de la mesita junto a la cama, encima de la Biblia, había un pequeño libro titulado *Hotel Touring, nueve décadas de historia.*

Dejamos el equipaje y salimos de las habitaciones con la intención de bajar al comedor, pero a Ariadna en ese momento le sonó el teléfono.

—Es mi madre. Tengo que hablar con ella. Baja tú y yo voy luego. Quizá Alfredo González te revele algo que no diría en mi presencia.

Bajé al comedor. El mozo al que le había entregado la pluma no estaba. Me senté en una de las banquetas de la barra y pedí un café con leche. Me costó muy poco entablar una conversación con el hombre detrás de la caja registradora, demasiado versado en anécdotas asociadas con el edificio para ser un empleado. Cuando le pregunté por los dueños del hotel, se señaló el pecho.

—Alfredo González, para servirle.

—Felicitaciones —le dije—, es un lugar único.

—Muchas gracias.

—¿Puedo hacerle una pregunta?

—Dígame.

—En privado, mejor.

El hombre miró alrededor.

—Hable bajo y no nos va a escuchar nadie.

—Voy a estar todo el día fuera. Necesito un lugar seguro donde dejar unos documentos.

—¿Se está hospedando con nosotros?

—Sí.

—Tiene una caja de seguridad en la habitación.

—No caben. Son muchos y no se pueden doblar —respondí, abarcando con las manos el volumen de una caja de zapatos.

—Puede dejarlos en mi oficina, si quiere —dijo, señalando a su espalda—. Normalmente está cerrada con llave.

—Verá, son los documentos de una herencia que vine a cobrar. Mi futuro depende de ellos. Me sentiría más seguro dejándolos en una caja fuerte, por ejemplo.

El hombre asintió y señaló hacia la puerta.

—En la esquina tiene el Banco Austral. Ahí hay cajas de seguridad, aunque no sé si las alquilarán por día. Puede preguntar.

Desde luego, las cosas habían cambiado desde los tiempos de la inmigrante húngara. Al parecer, los hoteles ya no alquilaban cajas fuertes a sus huéspedes.

26

Aquella noche me acosté sin volver a ver a Ariadna. Después de que la llamara su madre, me envió un mensaje diciéndome que tenía que responder unos emails de trabajo y que nos veíamos al día siguiente. Me tiré en la cama preguntándome si esas cuatro paredes serían las mismas que habían cobijado a Saint-Exupéry casi cien años antes. En cuanto cerré los ojos supe que me costaría dormirme.

Saint-Exupéry, el manuscrito, mis finanzas, mi familia, Lloyd, Rebeca... Las preocupaciones hacían cola en mi cabeza.

La pantalla apagada de mi teléfono reflejaba la tenue luz de emergencia encima de la puerta. Estiré la mano para agarrar el aparato, pero cambié de opinión a medio camino. Eso solo empeoraría el insomnio.

Cerré los ojos y me dispuse a pensar en cosas buenas para intentar calmar los nervios. Eva, mi sobrina, siempre era un buen punto de partida. Me imaginé su risa ante las bromas que le gastamos juntos a su madre. Mi hermana. Romina. Abajo los pensamientos agradables. Hacía unas horas había recibido un mensaje de Marcela para decirme que no regresaría a Honduras. Esa decisión me hacía ganar algo de tiempo con mi hermana, pero aun así sabía que en cualquier momento me llamaría para decirme que no lo resistía más y pedirme que volviese.

Definitivamente, no iba a poder dormir sin un poco de ayuda.

Encendí la lámpara de la mesita y abrí el cajón. Nada como un libro sobre la historia de un hotel para conciliar el sueño.

Los párrafos sobre la época de gloria del Touring iban acompañados de fotografías viejas de personalidades posando casi siempre junto a un hombre parecido al dueño actual. Tenía una sección dedicada a Saint-Exupéry que no decía demasiado que yo no supiera. Otra hablaba de Butch Cassidy y Sundance Kid, dos bandoleros que huyeron de la justicia estadounidense para seguir robando en la Patagonia.

El libro fue haciendo su efecto y poco a poco los párpados empezaron a pesarme. Estaba a punto de apagar la luz cuando leí algo que me llamó la atención. Eran palabras de un dueño anterior del hotel, probablemente un antepasado de Alfredo González: «Cuando mi padre se enteró de que estábamos alojando a dos ladrones de bancos, su primera reacción fue echarlos. Pero mi madre, que era más inteligente, le advirtió que eso solo complicaría las cosas. Lo convenció de que debían tratarlos a cuerpo de rey y contratar a dos policías retirados para que montaran guardia veinticuatro horas en el sótano, donde están las cajas fuertes que alquilábamos a los huéspedes».

Aquellas últimas palabras me pusieron los ojos como dos monedas. Rompí la regla de las pantallas prohibidas para llamar a Ariadna, que se alojaba en una habitación no muy lejos de la mía.

—¿Tú tampoco consigues dormir? —me preguntó.

—¿Puedes venir a mi habitación un momento?

—Claro.

Su respuesta me causó una sensación cálida en el vientre. Acababa de invitarla a mi habitación en medio de la noche y había dicho que sí sin dudarlo.

Un minuto más tarde estaba sentada a los pies de mi cama.

—Mira esto —le dije, mostrándole el relato en el libro.

—¿Crees que en el sótano del hotel todavía están esas cajas fuertes? —preguntó al terminar de leer.

—Escucha: «En el sótano, donde están las cajas fuertes que alquilábamos a los huéspedes». ¿No hay algo raro?

—La palabra «están».

—Exacto. El libro es de 2004 y dice que las cajas están en el sótano. Así que hasta entonces supongo que estarían ahí.

—Pero han pasado casi veinte años desde 2004.

—Este hotel no parece haber cambiado demasiado desde mucho antes. Además, una caja fuerte pesa una barbaridad. Sacarla de un sótano no debe de ser una tarea fácil.

—Pero González te dio a entender que no había cajas fuertes.

—Me dio a entender que no iba a alquilarme una, que es distinto.

—¿Qué propones?

—Bajemos al sótano.

—¿Ahora? Es la una de la mañana.

—Mejor que a las tres de la tarde, ¿no?

Salimos de la habitación y bajamos con sigilo las escaleras de mármol. La recepción estaba vacía. Empujé una de las grandes puertas de vidrio y entramos al comedor desierto y oscuro.

Ayudados por la tenue luz del alumbrado público que se colaba por las ventanas, recorrimos la sala mirando al suelo. Allí no había nada que se pareciera a un acceso al sótano.

Pasamos a la cocina. Caminamos entre freidoras y hornos, examinando con detenimiento las baldosas viejas y gastadas del suelo.

—¿Nos dividimos para ir más rápido? —sugirió Ariadna.

—No. Es mejor estar juntos.

Como si mis palabras fueran un conjuro, alguien abrió de golpe una puerta de la cocina diferente a la que habíamos usado nosotros. Me tiré al suelo y le agarré la mano a Ariadna para que hiciera lo mismo. Nos escondimos debajo de una gran mesa de acero inoxidable.

Los pasos retumbaron cada vez más cerca de nosotros. Ariadna rozó con el hombro una olla colgada, que golpeó apenas contra otra, pero en el silencio de la noche sonó como un gong.

—¿Roberto? ¿Sos vos?

Reconocí la voz de Alfredo González, el dueño del hotel.

Nos quedamos en silencio.

—¿Roberto?

Nada.

El hombre echó a correr y salió de la cocina. Treinta segundos más tarde, volvió a entrar, esta vez abriendo la puerta muy despacio. Apreté con fuerza la mano de Ariadna y le hice señas para que no moviera un pelo. Otra vez, los pasos se acercaron a nosotros.

Pronto vimos un pie, y a él le siguió la silueta larga de Alfredo González apuntándonos con un diminuto revólver. Alguien que no supiera del tema habría dicho que se trataba de un arma de juguete, pero yo sabía que las balas calibre 22 que disparaba eran perfectamente capaces de agujerearnos el cráneo.

—¿Qué hacen acá?

—Le juro que no estamos haciendo nada malo —dijo Ariadna.

—Eso explicáselo a la policía —respondió el hombre, y echó mano a su teléfono.

27

Con el teléfono en la oreja, González se fijó en nosotros con detenimiento por primera vez. Su expresión se tiñó de desconcierto.

—¿Vos no sos Ariadna?

—Sí. ¿Se acuerda de mí?

El hombre canceló la llamada y se guardó el móvil en el bolsillo.

—Claro. Y vos sos el que me preguntó por las cajas fuertes —me dijo—. ¿Se puede saber qué están haciendo?

—Es un poco largo de explicar. Supongo que sabe lo de Cipriano.

—No, ¿le pasó algo?

—Apareció asesinado en su casa, y creo que sé por qué.

La cara de González se tiñó de sorpresa.

—¿Cipriano está muerto? ¿Cuándo?

—Hace seis días. Fui yo quien encontró su cuerpo dos días después. Pensé que sabría del fallecimiento, salió un obituario en el periódico de Gaiman y otro en el de Trelew.

González negó con la cabeza.

—Hace años que no leo el diario. ¿Decías que sabés por qué lo mataron?

—Estoy segura de que lo hicieron porque no quiso revelar dónde estaba el manuscrito de Saint-Exupéry.

El dueño del hotel estiró una mano y encendió la luz de la cocina. Se guardó el revólver en un bolsillo y se dirigió hacia la puerta que daba al comedor.

—Síganme.

Caminamos detrás de la gran barra hasta una puerta pequeña, apenas perceptible entre los estantes repletos de botellas centenarias. Daba a una oficina que no tendría más de veinte metros cuadrados; era un reducto de modernidad en aquella especie de museo: un escritorio barato con una pantalla plana encima, una silla giratoria ergonómica, un *router* de internet con luces que parpadeaban.

El hombre abrió un cajón del escritorio y sacó un sobre.

—Cipriano me pidió que, si le pasaba algo, te lo diera.

Ariadna lo abrió allí mismo. Contenía un único papel con seis números escritos a mano.

—¿Sabés lo que es? —le preguntó González.

—No.

El hombre se dirigió a mí.

—Por eso me preguntaste ayer por una caja fuerte, ¿no?

—Sí —admití.

González empujó la silla del escritorio y se agachó para levantar una trampilla en el suelo. Metió la mano y buscó a tientas hasta que el clic de un interruptor iluminó una escalera.

—Ustedes primero —dijo.

Ariadna me miró y asentí. En realidad, no teníamos opción. Por más que González sonriera, seguía teniendo el revólver en el bolsillo.

La escalera de madera rechinó mientras bajábamos a un sótano que era el doble de grande que la oficina. No había trastos viejos, goteras ni olor a humedad. Más bien era un ambiente seco y polvoriento. Enfrentadas como dos equipos de fútbol había diez cajas fuertes, cinco a cada lado.

—Hace décadas que las cambiamos por cajas de seguridad pequeñas en las habitaciones. Ahora solo uso una para mí y hay otra que le presté durante años a Cipriano para que guardara el manuscrito.

El hombre le dio dos palmadas a una de las cajas fuertes más alejadas de la escalera.

—Veo que Cipriano y usted tenían mucha confianza —dijo Ariadna.

—Era mi mejor amigo.

En los ojos de ella apareció una expresión de confusión. Supuse que en los ocho meses que llevaba viviendo con Lloyd, este nunca le había vuelto a mencionar al dueño del Touring. Tenía sentido. Si Ariadna se hubiese dado cuenta de su amistad y de sus encuentros continuos, habría averiguado muy fácilmente dónde se ubicaba el manuscrito.

El hombre señaló el papel que Ariadna sostenía en la mano.

—¿Sabe cómo introducir la combinación?

—Sí. Mi madre tiene una caja fuerte en casa.

Ariadna puso la mano sobre la rueda y, consultando de tanto en tanto el papel, la giró hacia un lado y hacia el otro. Unos segundos más tarde, la pesada puerta se abrió pivotando en silencio sobre las bisagras.

—Está vacía —anunció Ariadna.

—No puede ser —respondió el dueño del hotel—. Yo mismo vi a Cipriano guardar el manuscrito ahí dentro la semana pasada.

—Pues aquí no está.

28

Examinamos la caja fuerte como si se tratara de una pieza de utilería de un mago: por dentro, por fuera, por delante y por detrás.

—¿Puede estar en alguna de las otras cajas? —pregunté.

El hombre tiró de cada una de las puertas, que se fueron abriendo sin necesidad de combinación. Se detuvo ante la última.

—No se usan desde hace años y siempre están abiertas.

—¿Y esa última?

—Es mi caja personal. Ahí no está.

—¿Le importaría mostrárnosla?

—Primero quítense toda la ropa.

—¿Perdón? —preguntó Ariadna.

—Ver el interior de la caja fuerte de un hombre es verlo desnudo. ¿Quieren verme desnudo? Pido lo mismo a cambio.

—Es un planteamiento ridículo —se quejó Ariadna.

—Piénselo de esta manera. Si el manuscrito estuviese ahí, ¿yo le habría dado ese sobre? ¿Les habría mostrado el sótano?

Visto así, tenía sentido. Sin embargo, no me causaba ninguna gracia irme de ahí sin haber examinado esa última caja. Y, por lo visto, a Ariadna tampoco.

—Si les digo que no está en esa caja es porque no está en esa caja.

Con esas palabras, González zanjó la conversación. No nos quedaba otra alternativa que creerle.

Subimos por la escalera hasta volver a emerger en la oficina.

—¿Qué sabe de cómo llegó a Cipriano ese manuscrito? —le preguntó Ariadna—. A mí solo me contó que lo había ganado jugando al póquer.

—¿Te dijo dónde?

—No.

González mostró media sonrisa y encendió un cigarrillo.

—Lógico —dijo—. Si te lo contaba, se te podían ocurrir ideas.

—¿Ideas?

—Sobre dónde podía estar guardado. Cipriano ganó el manuscrito en este hotel.

—¿Usted estaba ese día?

—Por supuesto. No me pierdo un viernes de póquer por nada del mundo. Cipriano jugó con nosotros durante muchos años, aunque últimamente lo había dejado. Hoy jugamos por muy poco dinero, pero hace diez años era muy distinto, todavía creíamos que nos podíamos comer el mundo. Así vivíamos y así jugábamos. Hemos apostado tierras, vehículos y alguna vez uno hasta ofreció a la hermana.

Ariadna soltó un soplido.

—Vaya al grano, por favor.

—Durante esa época apareció un jugador nuevo. Era un tipo de Comodoro Rivadavia que llevaba poco viviendo en Trelew. Tuvo una racha malísima. Cuando no le quedó una sola ficha, dijo que lo esperáramos y se fue. Volvió al rato con unos papeles amarillentos. Decía que era un manuscrito de Saint-Exupéry y que valía un montón de dinero. Cipriano no tenía forma de saber si era verdad o no, pero a él siempre lo fascinaron la historia y los objetos viejos. Además, esa noche estaba teniendo muy buena suerte, así que aceptó que el otro lo pusiera en la mesa. Y se lo ganó.

—¿Cuándo fue esto?

—Uf, hace por lo menos diez años.

—No entiendo —intervine—. Si Lloyd sabía que valía mucho dinero, ¿por qué no lo vendió nunca?

—Cipriano era un bohemio. Su situación económica era holgada. Con el amor que le profesaba a las cosas viejas, seguro que le daba más satisfacción tener esas páginas que un poco de plata. ¿Cuánto pueden valer? ¿Mil dólares?

Ariadna y yo nos miramos.

—Algo más —dijo ella.

29

Con un ademán, González nos dejó claro que ya había dicho todo lo que iba a decir y nos invitó a volver al comedor. Mientras él subía y cerraba la trampilla, Ariadna me habló por lo bajo.

—Cuando lo conocí, Lloyd no era consciente del valor de mercado del manuscrito. Desde luego, sabía que era un documento valioso, pero no millonario.

—¿Tú no le dijiste la verdad?

—Por supuesto. Pero me dijo que le daba igual. Ya estaba enfermo y prefería que el manuscrito lo estudiara alguien que sintiera verdadera devoción por el autor a venderlo. Decía que le procuraba más satisfacción tener una nieta postiza que un montón de dinero.

—¿Y los otros que estaban en la mesa de póquer esa noche? ¿Nadie se interesó por el manuscrito?

—Dos bibliófilos en una mesa de póquer sería una casualidad enorme.

En cuanto González terminó con lo suyo, apagó la luz de la oficina. La salita quedó totalmente a oscuras salvo por una línea de luces verdes parpadeando en la oscuridad.

—Espere —dije—. ¿Ese es el *router* de internet?

—Sí.

—¿El principal?

—Sí, el que se conecta a la fibra. En el piso de arriba hay un repetidor.

—Tengo una idea —dije—. ¿Me permite usar su computadora?

Después de pensarlo un segundo, el hombre volvió a encender la luz y señaló el escritorio. Me puse al teclado e introduje unos comandos muy básicos para conectarme al *router*.

—¿Qué estás haciendo? —me preguntó Ariadna.

—Si este *router* maneja todo el tráfico a internet del hotel, debe de tener un registro de todos los sitios webs visitados en los últimos días.

—¿Cuántos días?

—Depende de la cantidad de tráfico. Conforme la memoria se llena, se van borrando las entradas más viejas.

—No sabía que el historial de navegación queda registrado en estos aparatos.

—Los *routers* de uso doméstico no suelen tener esa funcionalidad, pero los que son para redes más profesionales, como los que se instalan en un hotel, sí.

Apoyé el dedo en la pantalla.

—Cada una de estas líneas es una conexión a internet.

—Yo solo veo números y letras al azar —observó Ariadna.

—No son al azar. Estas secuencias de caracteres son direcciones MAC. Cada dispositivo capaz de conectarse a internet tiene una dirección MAC única en el mundo.

—¿Se puede saber quién es el dueño?

—Por supuesto que no.

Ariadna chasqueó la lengua.

—¿Entonces?

Moví el dedo hacia la derecha.

—Estas otras secuencias de números son direcciones IP. Las IP identifican a un servidor web. Es adonde nos conectamos para acceder a las páginas.

—O sea que cada una de estas líneas indican que este dispositivo se conectó a esta página web.

—«Sitio» web, no página.

—¿No es lo mismo?

—No. Por ejemplo, si se trata de la web de un periódico, sabremos qué periódico, pero no qué noticia.

—¿Y esperas encontrar algo útil ahí?

—¿Tienes un plan mejor?

—No.

—Entonces déjame intentarlo.

La gente tiene una visión romántica del investigador privado. Siguen imaginándose gabardinas, lupas y huellas dactilares. Pero hoy por hoy vivimos tan conectados que casi todos nuestros movimientos dejan, lo sepamos o no, un rastro digital. Como le gusta decir a Richard Stallman, un teléfono móvil es el sueño de Stalin.

En consecuencia, gran parte de mi trabajo sucede detrás de una pantalla. De hecho, últimamente me veo obligado a contratar cada vez más a menudo a mi amigo *hacker*. Pero tercerizar servicios se come rápidamente los beneficios, así que primero intento resolver las cosas por mi cuenta. Algunos lo llaman autosuficiencia. Otros, mentalidad de pobre.

Después de copiar y pegar docenas de direcciones IP, la cosa se estaba poniendo aburrida. El dueño del hotel invitó a una cerveza a Ariadna, que se tomaron en la barra hablando de Lloyd mientras yo trabajaba.

La mayoría del tráfico del hotel iba a sitios porno, periódicos argentinos y los clásicos: Google, Facebook e Instagram. Con cada dirección IP que copiaba y pegaba, la esperanza de encontrar algo útil se desvanecía un poco más.

Pero hasta el pescador más dormido se pone alerta al sentir movimiento en la caña. En cuanto pegué una dirección y vi aparecer un sitio web en inglés con la foto de una gran biblioteca, llamé a Ariadna.

—¡Esa es la Morgan Library, en Nueva York! —dijo al ver la imagen—. Es la biblioteca donde está guardado el manuscrito original de *El principito*.

—Pues alguien consultó esta página desde aquí.

—¿Pudo haber sido Lloyd?

—¿Recuerdas qué marca de teléfono tenía? —le pregunté.

—Un Samsung.

—No fue él.

—¿Cómo lo sabes?

—Con la dirección MAC del dispositivo podemos saber la marca del fabricante. Quien se conectó a esta biblioteca tenía un producto Apple. Un iPhone o un MacBook, probablemente.

—En Argentina no hay tantos, ¿no? —preguntó Ariadna.

—Acá son muy caros —explicó el dueño del hotel—. La mayoría de los huéspedes que tienen esos aparatos son extranjeros.

Busqué en el listado del *router* otras entradas correspondientes a esa dirección MAC.

—Ese dispositivo tiene muchas visitas a Instagram. Y varias al *Sydney Morning Herald*, un periódico australiano.

En ese momento me vino a la cabeza la imagen de la australiana adicta a las redes sociales. Recordé el logo de la manzanita en el teléfono con el que hacía fotos constantemente. Busqué su cuenta de Instagram y le mostré la foto a Alfredo.

—¿Le suena?

—Sí. Se hospedó dos días con nosotros la semana pasada.

30

—No entiendo —intervino Ariadna—. Sabemos que Jane Winterhall estuvo en el hotel Touring y que el manuscrito estaba guardado aquí. Pero ¿cómo hizo para abrir la caja fuerte?

El dueño del hotel se aclaró la garganta.

—No se olviden de que son cajas fuertes pensadas para hoteles.

—¿Qué quiere decir? —pregunté.

—En primer lugar, están hechas para que sea fácil cambiar la combinación. De no ser así, bastaría con que un huésped alquilara una por un día para saber para siempre cómo abrirla.

—¿Y en segundo lugar?

—El hotel necesita una forma de abrirlas sin la combinación. Por ejemplo, si un usuario se la olvida. Y para eso están las llaves maestras.

El hombre se estiró hacia la pared, metió la mano en la boca de un gran pez disecado y hurgó dentro hasta dar con una llave ennegrecida.

—Con esta llave puede abrirse cualquiera de las diez cajas fuertes.

—Pero ¿cómo accedió Winterhall a ella?

González bajó la mirada. Había algo en su semblante que denotaba derrota.

—Una noche, la australiana se quedó hasta tarde charlando conmigo sobre la época dorada del Touring.

—¿Mencionó a Saint-Exupéry?

—No. Se interesó más que nada por los inmigrantes que llegaban de Europa. Me dijo que su madre también había sido inmigrante y que siempre contaba que, cuando se mudó a Australia, tenía pánico de que le robaran todas sus pertenencias.

Me pregunté si aquella anécdota sería real o si Winterhall la había leído, como yo, en el libro sobre la historia del Touring.

El dueño del hotel negó con vergüenza.

—Me dejé engatusar. No sé cómo explicarlo, tiene algo esa mujer.

No podía culparlo. Jane Winterhall atraía a todo aquel que la orbitaba con la fuerza de un planeta.

—¿Se dejó engatusar para qué exactamente? —preguntó Ariadna.

—Le conté la misma historia que a ustedes sobre las cajas fuertes.

—¿Le mostró dónde estaba la llave maestra?

—No, por supuesto que no. Pero pudo haber revisado la oficina una noche, igual que lo iban a hacer ustedes.

Ariadna señaló el pescado disecado con la boca abierta.

—Ese no es precisamente el escondite más difícil de adivinar —dijo—. Hay mucha gente que, cuando tiene que esconder una llave, lo hace en el sitio más obvio. Debajo de una maceta, de un felpudo o dentro de una lámpara.

Aunque lo de la lámpara me pareció extraño, Ariadna tenía razón. Mi hermana y yo dejábamos una copia de la llave del piso de mi madre dentro de un jarrón con flores disecadas que había en el rellano.

González se encogió de hombros con un gesto con el que parecía pedirnos perdón. Le planteamos algunas cuestiones más, pero no logramos nada que pudiera servirnos para avanzar.

Nos despedimos de él y salimos a dar un paseo. La noche estaba agradable. Volví a pensar en el poder magnético que Winterhall había tenido conmigo. Lo más probable era que hubiese surtido el mismo efecto sobre Cipriano Lloyd, pero ¿habría sido suficiente para que el hombre confesara su secreto? ¿Había tenido algo que ver ella con la tortura?

—¿Qué hacemos ahora? —preguntó Ariadna.

—La jefa eres tú.

—Lo sé. Pero ¿qué harías en mi lugar?

Busqué en mi teléfono el perfil de Instagram de Winterhall. La foto más reciente era en el aeropuerto John F. Kennedy. Recordé que la noche de la embajada me había dicho que vivía en Nueva York.

—Ese manuscrito ya no está en Argentina. Si quieres recuperarlo, deberías...

—¿Ir a Nueva York? Pues vamos. Esta mañana me han avisado de la policía que ya puedo salir del país.

Eso último me tomó por sorpresa. El homicidio era demasiado reciente como para desvincular con tanta facilidad a una persona de interés.

—¿Vamos? ¿En plural? —pregunté.

—Por supuesto. ¿O prefieres devolverme lo que te pagué por adelantado?

—No, no. Siempre quise conocer la Gran Manzana.

Ariadna hizo caso omiso de mi tono jocoso. Su mirada ahora estaba teñida de preocupación.

—¿En qué estás pensando?

—En que si lo encontramos nos enfrentaremos a una decisión muy difícil.

—Ya cruzaremos ese puente cuando lleguemos a ese río.

31

Durante los tres días que siguieron a la noche de las cajas fuertes, Ariadna movió cielo y tierra. Compró los pasajes en avión, reservó el hotel y gestionó los visados rápidos por internet. Pero, sobre todo, se dedicó a tenderle una trampa a Winterhall. Según me contó, ella y la australiana se conocían desde hacía tiempo y, muy a pesar de Ariadna, habían colaborado alguna vez.

Aterrizamos por la tarde en el aeropuerto John F. Kennedy y un taxi amarillo nos llevó al Wyatt, nuestro hotel en la isla de Manhattan. Era uno de esos hoteles en los que un toldo color vino tinto une la fachada con la calle para que los huéspedes no sufran la desgracia de tener que caminar cinco metros bajo la lluvia.

Yo siempre había creído que Wall Street era la bolsa de Nueva York. Pero no, resulta que es una calle de la ciudad en la que, además del edificio de la bolsa, hay comercios, viviendas y, por supuesto, hoteles como en el que nos alojaríamos nosotros, financiados sin duda por Rebeca Lafont.

Un hombre huesudo y pálido, cuyo atuendo atrasaba un siglo, nos dio la bienvenida en la puerta mientras un botones se encargaba de nuestro equipaje.

Si los rincones del Touring mostraban historia y rastros de una época mejor, los del Wyatt hablaban de un lujo moderno, de diseñadores de interior millonarios y de cócteles que valen un ojo de la cara.

Nos asignaron habitaciones contiguas. Una hora después, yo estaba en el bar del *lobby* esperando a que ella bajara. Rechacé dos veces a un camarero que se acercó a preguntarme si quería tomar algo.

Ariadna bajó con el pelo húmedo de haberse duchado y una sonrisa triunfal. No llevaba maquillaje ni ropa especialmente arreglada y, sin embargo, brillaba con una luz intensa.

—Buenas noticias —me dijo, mostrándome su teléfono—. Jane Winterhall acaba de morder el anzuelo. Ha accedido a reunirse conmigo mañana.

Eso para mí eran buenas noticias solo a medias. La australiana podía haber robado el manuscrito y aceptar una reunión con Ariadna para disimular, pero había que tener la sangre muy fría para hacerlo después de torturar y matar al hombre que vivía con ella. Algo me decía que la ladrona del manuscrito y el asesino de Lloyd podían ser personas distintas.

—¿Me vas a contar de una vez cómo has hecho?

—¿Qué quiere Winterhall?

—Vender el manuscrito que se robó.

—Vender manuscritos. Punto. Y cuantos más venda, más dinero gana. Así que le dije que venía a Nueva York a un simposio en la Morgan Library y que traía de la Patagonia unas páginas originales de Saint-Exupéry que me regaló un amigo de Lloyd.

—Pero eso es mentira, ¿no?

—Claro que es mentira. Pero Winterhall sabe que soy una investigadora seria y que de verdad estaba trabajando en un escrito de Saint-Exupéry. Según su punto de vista, no tengo por qué mentirle.

—¿No te pidió fotos de este supuesto manuscrito antes de acceder a reunirse contigo?

—Desde luego. Es una profesional.

Ariadna me mostró en el teléfono unas imágenes de papeles amarillentos escritos con la misma letra apretada que yo ya empezaba a reconocer.

—¿Esto qué es?

—Una falsificación, desde luego. Necesitaba una carnada. Es probable que Winterhall detectara el engaño si la viera en persona, pero no con fotos de baja calidad pasadas por WhatsApp.

—¿A quién se la encargaste?

—A una de las personas que más ha estudiado la caligrafía de Saint-Exupéry —dijo, y se señaló el pecho con el pulgar—. ¿Qué crees que he estado haciendo estos tres días además de organizar el viaje?

—¿De dónde sacaste papel de esa época?

—De un filtro en el teléfono que hace que cualquier página parezca antigua.

—Eres… eres increíble.

Nos quedamos en silencio. Estuve a punto de invitarla a dar una vuelta por la ciudad, pero aquello sería cruzar la línea de la relación profesional.

Mientras yo me planteaba este dilema, Ariadna me dio una palmadita en la rodilla y me anunció que volvía a su habitación para intentar dormir.

—Tú deberías hacer lo mismo. Mañana empieza el trabajo duro.

32

Nos abrimos paso escaleras arriba entre las decenas de turistas que hacían fotos o hablaban por videollamada. De lejos, los peldaños de vidrio rojo me parecieron hechos de rubí, pero en cuanto me acerqué, descubrí que estaban tapizados por chicles, colillas de cigarrillo y restos de comida chatarra. Unas escaleras sucias que no llevaban a ningún lado.

Al llegar al último escalón me giré para admirar las vistas de Broadway y la Séptima Avenida en todo su esplendor. Decenas de carteles luminosos luchaban por mi atención para venderme relojes, hamburguesas, ropa, perfumes y obras de teatro. Un teletipo electrónico mostraba las cifras rojas y verdes de las cotizaciones de las bolsas en todo el mundo.

Tardé diez segundos en decidir que Times Square me parecía el más ridículo de todos los lugares famosos del mundo. Y, sin embargo, decenas de miles de personas visitaban la esquina cada día, como peregrinos hacia la meca de lo absurdo.

Nos sentamos junto a una pareja de afroamericanos en el peldaño más alto.

—Espero que venga —dije.

—Va a venir.

—Anoche estuve pensando. ¿Cómo hace Winterhall para vivir de comprar y vender manuscritos? Estos documentos no aparecen todos los días.

Ariadna encorvó un poco la espalda y golpeó con los nudillos el escalón rojo sobre el que estábamos sentados.

—¿Sabes cuánto le cuesta a la ciudad de Nueva York reemplazar uno de estos peldaños?

—Lo que me extraña es que lo sepas tú.

—Lo vi en un documental en el avión. Veinte mil dólares.

—¿Veinte mil pavos por un escalón?

—Por un escalón no. Por uno de los escalones de Times Square. ¿Tú estás casado?

—No, pero, si vas a pedirme matrimonio, mejor vamos a un lugar más tranquilo.

—Muy gracioso. ¿Divorciado? ¿Alguna vez organizaste una boda?

—No. ¿Por qué me estás hablando de esto?

—Porque la palabra «boda» es sinónimo de multiplicar. ¿Un buen vestido? Cien euros. ¿Un vestido de novia? Mil. ¿Un pastel de cumpleaños? Veinticinco. ¿Un pastel de boda? Trescientos.

Ariadna golpeó el peldaño con la suela de la zapatilla.

—Estos escalones son caros de cojones porque son únicos. Y con los manuscritos pasa lo mismo. No existe una forma lógica de ponerles precio. Valen lo que alguien esté dispuesto a pagar.

—Supongo que podrán hacerse estimaciones.

—Sí, con base en operaciones anteriores cuyo precio determina el millonario de turno. Y en el mundo hay gente con muuucho dinero. Así que una marchante de manuscritos como Jane Winterhall puede vivir extremadamente bien vendiendo un puñado de obras al año.

Lo más cercano que tenía yo a un paralelismo era un cliente para el que había trabajado hacía unos años. El hombre tenía una pequeña inmobiliaria especializada en viviendas de alto *standing*. Una vez me había dicho: «No cuesta mucho más vender una casa de dos millones de euros que una de doscientos mil, pero mi comisión es muy diferente».

—Ahí viene —dijo Ariadna, señalando escaleras abajo.

Distinguí a Winterhall entre los turistas. Vestía vaqueros, zapatillas deportivas y camiseta de manga corta. Llevaba el pelo recogido en una coleta.

Se detuvo al inicio de las escaleras. Ariadna la saludó y ella le devolvió el saludo. Yo hice lo mismo, pero en cuanto me reconoció echó a correr como alma que se lleva el diablo.

33

Bajamos apartando turistas que, ante el contacto físico, despegaban la mirada de sus teléfonos para insultarnos en varios idiomas.

Las piernas torneadas que el vestido de Jane Winterhall había dejado ver en la embajada no eran de adorno. La australiana corría muy rápido. Por suerte, Ariadna también. Yo no lograba seguirles el paso.

Giraron en una esquina y entraron a un edificio bajo con pinta de museo. La fachada, de piedra y mampostería trabajada, contrastaba con el acero y el vidrio de los rascacielos que lo rodeaban.

Dentro me encontré con una imagen tan familiar que me resultó surrealista. Había visto ese lugar decenas de veces. En películas de Hitchcock y de Ford Coppola. Para un cinéfilo como yo, aquel gran *hall* hacía pensar en De Niro, en Keanu Reeves, en Liza Minnelli y en Scarlett Johansson. El vestíbulo de la Grand Central Terminal era uno de los interiores más filmados de la ciudad más filmada del mundo.

Desde la escalera miré hacia abajo. Reconocí el pelo rojo de Ariadna entre los cientos de cabezas. Se abría paso entre la gente mirando a un lado y al otro.

La llamé por teléfono.

—La he perdido —me dijo.

—Lo sé, te estoy viendo desde la escalera principal.

No sé si Ariadna oyó mi respuesta, porque se lanzó a andar con la mirada fija en un punto. Llegué a ver a Jane Winterhall durante un segundo antes de que desapareciera detrás de la garita circular en el centro del *hall*.

—Tú ve por un lado y yo por el otro —me indicó Ariadna en cuanto estuve junto a ella.

Rodeé la garita y casi me doy de bruces con la australiana. Al verla, la abracé con todas mis fuerzas, como si fuera una vieja amiga.

—Te prometo que solo queremos hablar contigo —le susurré al oído mientras ella forcejeaba disimuladamente—. Hay muchos vigilantes de seguridad. No hagas que nos detengan a todos.

—Déjame o me pongo a gritar como una loca.

—No va a hacer falta —dijo Ariadna a su espalda—. Si quieres irte, puedes hacerlo. Pero lo que tenemos para proponerte te interesa.

—Está bien, está bien —accedió—. Hablemos, pero suéltame ya mismo.

Ariadna me hizo un gesto afirmativo y dejé de abrazar a Winterhall.

—¿De qué quieren que hablemos? —preguntó.

—¿Del manuscrito?

—Por supuesto —respondió—. Cuidado, dejen pasar a esta señora.

Me debería dar vergüenza haber caído en la trampa. En cuanto me giré para ver que en realidad no había ninguna señora, Winterhall echó a correr por el vestíbulo.

Salí tras ella, pero Ariadna me sujetó por la muñeca.

—No puedes correr —dijo, caminando rápido en la misma dirección.

—¿Yo no, pero ella sí?

—Una persona corriendo en una estación de tren es normal. Otra que la persigue, no.

En cuanto llegamos a las escaleras, Ariadna pareció olvidarse de lo que acababa de decirme, porque subió los escalones de dos en dos a toda prisa.

Volvimos a salir al tráfico, los taxis y los ruidos.

—Allá va —dijo Ariadna.

Corrimos tras ella por una calle que, según el cartel de la esquina, era la número 46. Un par de manzanas más adelante ya no nos quedaba aire en los pulmones. Estaba claro que no íbamos a darle alcance. Pero entonces un repartidor puso su carrito en la trayectoria de colisión de la australiana y decenas de cajas de cartón terminaron, igual que ella, desparramadas en la acera.

—¿Estás bien? —le preguntó Ariadna cuando llegamos junto a ella.

Winterhall estaba sentada en el suelo y se frotaba el tobillo. Mientras tanto, el repartidor reapilaba las cajas y protestaba en inglés con un acento tan cerrado que no entendí ni la mitad.

—Creo que sí. Me duele un poco, nada más.

—¿Por qué has salido corriendo?

—¿Por qué me perseguían? —repreguntó.

—Creo que eso ya lo sabes.

—Yo no tuve nada que ver. Se lo juro. Sería incapaz de matar a una mosca.

—¿A qué te refieres exactamente?

—El dueño del manuscrito está muerto, ¿no?

—¿Cómo lo sabes?

—Salió publicado en el periódico de Gaiman.

—Pero ¿cómo sabes que él era el dueño?

—Te seguí. Cuando vi que vivías con un viejo en una casa remota, supe que allí estaba el manuscrito.

—Pues te equivocaste.

—¿Entonces decidiste torturarlo? —intervine.

—¿Torturarlo? ¿Qué dices?

—Hasta que te confesó dónde guardaba el manuscrito.

—¿Ustedes creen que lo tengo yo? —nos interrogó, extrañada.

—Sabemos que te alojaste en el hotel Touring durante unos días. Hablamos con el dueño.

—¡Por supuesto que me alojé en el Touring! Fui a Trelew tras los pasos de un manuscrito de Saint-Exupéry. ¿Dónde iba a quedarme sino en el hotel donde paraba el propio autor?

—Le preguntaste sobre las cajas fuertes y él te habló de la llave maestra.

—Me dedico a vender documentos viejos. Una caja fuerte para mí siempre es un cofre en el que puede haber un tesoro. En la mesita de noche de mi habitación había un libro sobre la historia del hotel donde se mencionaba que en el sótano había cajas fuertes para alquilar a los huéspedes.

Me incomodó que la explicación de Winterhall comenzara a ser plausible. Al fin y al cabo, nosotros también habíamos llegado a las cajas fuertes a raíz de ese mismo libro.

—Si no tienes el manuscrito, ¿por qué has salido corriendo al vernos?

—Te creí cuando me dijiste que querías mostrarme un manuscrito. Pero he venido a la reunión preguntándome si no estaría caminando directamente a la boca del lobo por ambición. Y en cuanto te he visto con él, supe que venías por otra cosa. Creí que era para vengar a Lloyd.

—¿Vengarlo?

—Sí. Fui una de las últimas personas en verlo con vida y supe que sospecharían de mí.

—¿Y por qué querríamos vengarlo?

Jane Winterhall miró a Ariadna con una expresión de condolencia.

—Te he investigado, Ariadna. Sé quién es tu madre —dijo, y después me señaló—. Él estaba en tu charla y no paraba de mirarte, pero no se acercó a ti en ningún momento. Supuse que sería un esbirro de Rebeca. ¿Entiendes que te tenga miedo?

Ariadna encajó las palabras lo mejor que pudo.

—¿Cómo podemos saber que no tienes ese manuscrito? —preguntó.

Jane Winterhall se encogió de hombros.

—Eso es problema de ustedes. Pero el tiempo me dará la razón. Tarde o temprano saldrá a la venta y verán que no seré yo la marchante detrás de la operación.

—¿Tú qué periódico lees? —intervine.

Jane Winterhall señaló alrededor.

—El *New York Times*.

—¿Algún otro?

—No.

—¿De tu país?

—No sé a qué viene la pregunta, pero no, no leo periódicos australianos.

—¿Ni el *Sydney Morning Herald*?

—Pues no, porque soy de Perth, a cuatro mil kilómetros de Sídney.

Ariadna me agarró del antebrazo.

—Discúlpanos un segundo, Jane.

Nos alejamos unos pasos de la australiana. Ariadna habló casi susurrando.

—Nos hemos equivocado. No fue ella quien se llevó el manuscrito del hotel.

—¿Cómo lo sabes?

—La pregunta no es cómo lo sé, sino cómo pude ser tan estúpida como para no darme cuenta antes.

34

—Si el manuscrito no lo tiene ella, ¿quién entonces?

—Reg Garvey.

—¿De dónde me suena ese nombre?

—Es el biógrafo de Saint-Exupéry que me acompañó en la charla que di en la embajada.

Recordé al hombre mayor y con mucho sobrepeso que había estado sentado junto a Ariadna aquella noche.

—La información que sacaste del *router*...

—Apuntaba a ella.

—Eso creímos. Pero si olvidamos nuestras conjeturas, los hechos son que un dispositivo marca Apple se conectó a la Morgan Library y al *Sydney Morning Herald*.

—Correcto.

—Para empezar, Reg Garvey colabora de manera asidua con la Morgan Library. Pero, además, la noche de la embajada, al terminar la fiesta el embajador nos invitó a cenar. Garvey estaba allí con su mujer y recuerdo perfectamente que esta tenía un iPhone porque su marido quiso hacer una foto de grupo y ella le dijo que la cámara de su teléfono era mejor.

—¿Y el diario australiano?

—La mujer de Garvey es de Sídney.

—Pero ¿te consta que Garvey estuvo en Trelew?

—Durante la cena comentó que al día siguiente él y su mujer salían hacia la Patagonia para pasar dos semanas haciendo turismo.

Me quedé quieto, observando cómo esa información quería transformarse en una gran bola de acero y demoler todas mis teorías.

—Hemos estado persiguiendo a la persona equivocada —concluyó—. El manuscrito lo tiene Reg Garvey.

Suspiró como si se resignara a aceptar algo que jamás hubiese creído posible.

—Tiene sentido —añadió.

—¿Por qué?

Me miró a los ojos. Su cara se había teñido con una mueca agria.

—Hay algo que no te he contado sobre ese manuscrito.

En ese momento Jane Winterhall se acercó a nosotros.

—No he podido evitar escuchar parte de la conversación. Si Reg Garvey mató a Cipriano Lloyd y robó el manuscrito, no va a ser fácil encontrarlo. Sin duda estará muy alerta.

Estuve a punto de decirle «gracias por nada», pero Jane Winterhall no había terminado.

—Puedo ayudarlos a dar con él —añadió—. Lo conozco desde hace años y de mí no sospechará.

—¿Nos quieres ayudar?

—A cambio de un quince por ciento del precio de venta.

—¿Un quince por decirnos dónde encontrar a una persona? ¿Te has vuelto loca?

—No solo es encontrarlo. También habrá que venderlo, ¿no? Mi quince por ciento es la comisión del marchante. Cualquier casa de subastas te cobraría lo mismo.

Ariadna me miró desconcertada. Levanté ligeramente los hombros, dejándole claro que era su decisión.

—Recuerda que el cien por cien de cero es cero —añadió Winterhall, ofreciendo su mano.

Ariadna la estrechó y negó con la cabeza.

—Espero no arrepentirme de esto —le dijo, mirándola a los ojos.

—No lo harás. Ya mismo le digo a mi asistente que prepare el contrato.

Winterhall sacó del bolsillo el teléfono y en la cara apareció una mueca de espanto.

—¿Qué ha pasado? —pregunté.

La australiana me mostró el aparato. Una telaraña de grietas se extendía por toda la pantalla negra.

Por más marchante de arte de gran reputación que fuera, Winterhall era una más de los millones de personas adictas a la tecnología, y un teléfono roto podía arruinarle el día.

—No te preocupes —dije, sacando mi teléfono para buscar en el mapa—. Hay una tienda de reparación de móviles a la vuelta de la esquina. Nosotros te pagaremos una pantalla nueva.

—No hace falta —señaló Winterhall.

—Por supuesto —insistí—. Es lo menos que podemos hacer después de cómo nos hemos comportado.

Ariadna me miró algo extrañada, pero se limitó a asentir.

Cinco minutos más tarde, entré a la tienda con el teléfono de Jane Winterhall en la mano. El hombre con turbante que me atendió me dijo que podía tenerlo reparado para dentro de dos horas. Cuando me indicó que serían trescientos dólares, le di quinientos.

35

El taxi nos dejó frente a una de las aberturas en el muro de piedra que bordeaba el Central Park.

—No has soltado prenda en todo el viaje —le dije a Ariadna cuando empezamos a caminar.

—El taxista hablaba español.

—¿Cómo lo sabes? Se dirigió a ti en inglés.

—¿No has visto el llavero del coche? Tenía la bandera de Puerto Rico. En Estados Unidos hay mucha más gente de lo que parece que entiende el español.

—Vaya poder de observación. Serías muy buena investigadora privada.

—No te quiero dejar sin trabajo.

Nos internamos en el Central Park por un camino de tierra sombreado por árboles que, de alguna manera, habían encontrado la forma de sobrevivir a décadas de contaminación.

—¿Me lo vas a contar ahora o tienes miedo de que el taxista haya puesto grabadoras en el parque?

Ariadna me dio un puñetazo en el hombro.

—Eres idiota.

—En eso estamos de acuerdo.

Nos sentamos en un banco de madera frente a una pequeña fuente de piedra. Me miró a los ojos con una expresión que me resultó indescifrable.

—Puedes confiar en mí —la animé—. Guardar secretos es una deformación profesional. ¿Qué es eso que no me has contado sobre el manuscrito de la Patagonia?

—Me bastó con ver las primeras páginas para saber que se trataba de un precursor de *Vuelo nocturno*. Pero a medida que Cipriano me fue dejando ver más, comenzó a suceder algo extraño. Primero una frase aparentemente desconectada entre párrafos. Más adelante, algún dibujo...

Ariadna hizo una pausa. Su mirada estaba clavada en la fuente de piedra.

—Lo que te voy a decir no se lo puedes contar a nadie.

—No te preocupes.

—Ese manuscrito es mucho más que *Vuelo nocturno*.

—¿A qué te refieres?

Ariadna sacó su teléfono y comenzó a pasar las imágenes amarillentas de las páginas a las que Lloyd le había dado acceso.

—¿No has visto nada raro en estas imágenes?

—Si te soy sincero, no las he mirado con detenimiento todavía. No sé ni papa de francés.

—Para esto no hace falta leer ningún idioma.

Ariadna hizo *zoom* en una página. Junto al texto había un dibujo de un hombrecito delgado, con una bufanda larga ondeando en el viento.

—¿Ese no es...?

—*Le petit prince* —dijo ella—. El principito.

—No sé si te entiendo del todo.

—En el manuscrito de la Patagonia no solo está gran parte de *Vuelo nocturno*, sino que también hay pasajes casi textuales de lo que terminó siendo *El principito*.

—¿Dos manuscritos en uno?

—Algo así. Lo que nosotros llamamos el manuscrito de la Patagonia es una de las tantas libretas en las que Saint-Exupéry escribía lo que se le venía a la cabeza sin demasiado orden. Pero sí, a medida que avanzan las páginas, hay menos del texto de *Vuelo nocturno* y, al parecer, cada vez más de *El principito*.

—¿Al parecer?

—Nunca pude verlo completo.

—Supongo que esto le da más valor en una subasta.

—Muchísimo más. Pero lo verdaderamente importante es que algo así cambia mucho de lo que se sabe sobre *El principito*.

—¿Qué quieres decir?

Ariadna señaló alrededor.

—Todo el mundo coincide en que *El principito* se gestó en Nueva York en 1942, durante el exilio de Saint-Exupéry. Una de las versiones más fuertes es que la esposa de uno de sus editores estadounidenses le sugirió que escribiese una novela infantil para relajarse, porque estaba muy afectado por las consecuencias que estaba teniendo la guerra en Francia. Se sabe que le dejó el manuscrito a su amiga y amante Silvia Hamilton antes de volver a alistarse en el ejército francés y de que lo derribaran los nazis frente a Marsella.

—¿No llegó a ver el libro publicado?

—Vio pruebas de impresión y, antes de partir, firmó los primeros cientos de ejemplares de la tirada en Estados Unidos. Pero no lo pudo ver en una librería.

—Qué mala suerte.

—El manuscrito que dejó en Nueva York es el que está en la Morgan Library. Y hasta ahora se creía que era el primer y único manuscrito que existió de *El principito*. Pero el de la Patagonia demuestra que la obra no se gestó en absoluto en Nueva York en 1942, sino que Saint-Exupéry la empezó a escribir doce años antes, durante su año en Argentina.

—¿Doce años escribiendo un libro? —pregunté.

—¿Has hablado alguna vez con un escritor?

—No.

—Pues yo sí. Muchos cuentan que hay novelas que llevan años y años de gestación. Proyectos que comenzaron y abandonaron durante muchísimo tiempo antes de volver a ellos y poder terminarlos. A veces, por falta de motivación o de habilidades. Y muchas otras, porque la vida tiene otros planes para el ser humano que dejarlo sentarse tranquilamente a escribir.

Ariadna volvió a señalar alrededor.

—Por supuesto que es cierto que Saint-Exupéry escribió *El principito* en Nueva York. Está documentado en mil fuentes. Además, hay partes del libro que evidentemente no pueden salir en el manuscrito de 1930. Por ejemplo, el protagonista es un piloto que encuentra al principito en medio del desierto porque ha tenido un accidente con su avión. Se sabe que ese aviador accidentado es el propio Saint-Exupéry, que cayó en el desierto de Libia en 1935 cuando intentaba romper el récord de vuelo entre París y Saigón.

—O sea que eso no pudo escribirlo en Argentina.

—Exacto. Sin embargo, el cielo, la pureza de la niñez y los hombres con objetivos insignificantes como contabilizar estrellas, reinar sobre un planeta vacío o mirarse todo el día al espejo son aspectos que acompañan a Saint-Exupéry prácticamente desde siempre. Ya estaban presentes cuando fue a Argentina en 1930. Por eso, en el manuscrito de la Patagonia ya aparecen muchas de las escenas y los personajes que harán célebre al libro. Incluyendo su frase más famosa.

—¿«Lo esencial es invisible a los ojos»?

Ariadna asintió y me mostró otra de las páginas amarillentas. Su dedo señalaba una secuencia de diez o doce oraciones muy similares, todas ellas variaciones de la anterior. Y todas ellas tachadas menos la última.

—*L'essentiel est invisible pour les yeux* —leyó en francés. Después apuntó al dibujo de un animal que a mí me pareció una mezcla entre conejo y oso hormiguero—. Justo antes de ir a Argentina, Saint-Exupéry estuvo dos años en Cabo Juby, en el Marruecos español. Allí se dice que domesticó a un zorro del desierto dándole todos los días un poco de comida.

Me quedé un momento en silencio mirando la página. En la libreta que buscábamos había sido escrita, quizá por primera vez, la frase más mítica de uno de los libros más míticos de la literatura mundial. El valor de ese manuscrito tenía que ser mucho mayor de lo que había imaginado.

—Ya se sabía que hay elementos de *El principito* relacionados con Argentina y con la Patagonia —continuó Ariadna—. La rosa, por ejemplo, es una representación de Consuelo, su esposa, a la que conoció en Buenos Aires. Hay una isla en la Patagonia que tiene la forma exacta de la boa que se tragó al elefante. Pero este manuscrito es la prueba de que *El principito* se gestó en Argentina, y su origen es muy anterior a la etapa neoyorquina de Saint-Exupéry.

—¿Y eso es importante?

—Muy importante. Hay académicos que han hecho doctorados, escrito libros y basado sus carreras en el estudio de los orígenes de *El principito* y su relación con Nueva York. De hecho, en las dos páginas inéditas que aparecieron en 2012 Saint-Exupéry menciona Long Island. No hace mucho leí un artículo de un profesor universitario que se titulaba «*El principito* es tan neoyorquino como los *hot dogs*».

—¿Reg Garvey es uno de esos académicos?

—El que más.

36

La tienda de perritos calientes olía a kétchup y a salchichas hervidas, igual que las pancherías que se habían puesto de moda en Argentina a finales de los noventa. Hasta ahí llegaban las similitudes. Aquí la cartelería tenía un diseño impecable, el suelo estaba limpio y las mesas eran consolas de videojuegos de los ochenta: *Pac-Man*, *Arkanoid*, *Tetris*. Mientras comías tu perrito, podías apartar el plato de cartón a un lado, meter un dólar y jugar una partida.

Además, en un rincón había una cabina telefónica antigua. No supe distinguir si se trataba de un legado de otro tiempo o un toque *vintage* puesto adrede. Al final debía darle la razón a los que decían que Nueva York era única.

Las instrucciones de Jane Winterhall habían sido claras: lleguen, pídanse un perrito y espérenme.

Ariadna me dijo que no tenía hambre y se puso a jugar al *Tetris*. Yo nunca fui de rechazar una buena ración de comida basura, así que me acerqué al mostrador y pedí un perrito con cebolla caramelizada a un chico asiático enfundado en un delantal de color rosa. Cuando le dije que para beber quería una cerveza, sonrió y me indicó que no tenían licencia para vender alcohol.

Mientras yo comía, Ariadna seguía jugando la misma partida. Las piezas caían cada vez más rápido, pero ella se las ingeniaba para que la pila no subiera más de un cuarto de pantalla.

—Eres muy buena —observé.

Iba a contestarme, pero sonó su teléfono. Al ver que era Jane Winterhall, abandonó el juego y las piezas se apilaron en una columna irregular en el centro de la pantalla.

—¿Sí? —atendió, activando el altavoz para que yo también pudiera oír.

—Vayan a la cabina y marquen el número uno.

—¿Qué?

—Que se metan en la cabina telefónica y marquen el uno.

Me pareció increíble que, ya llegando al cuarto del siglo XXI, todavía hubiera teléfonos públicos que funcionaran. Supuse que Jane Winterhall querría evitar que grabáramos la conversación. ¿O quizá sospechaba que alguien podría haber intervenido el teléfono de Ariadna? Si no me dedicase a la detección privada, aquello me parecería conspiranoico. Pero habiendo visto lo que había visto a lo largo de los años...

Dejé el perrito sin terminar sobre el *Tetris* —que ahora mostraba un gran cartel de GAME OVER— y seguí a Ariadna hasta la cabina.

El teléfono colgado en la pared era de color naranja, antiguo y sin ranura para monedas. Ariadna descolgó el tubo y compartió el auricular conmigo. Daba tono.

Hizo girar la rueda para marcar el uno. A los pocos segundos, la pared de la cabina opuesta a la puerta emitió un chasquido y se abrió como si fuese un pasadizo secreto en una de las series que veía de pequeño. Del otro lado nos recibió un chico que hubiera servido para ilustrar la definición de «hípster» en el diccionario.

—*Welcome* —dijo, e hizo un gesto con el brazo hacia un costado mientras cerraba la puerta oculta por la que acabábamos de pasar.

Nos adentramos por un pasillo de paredes de ladrillo. De algún lado nos llegaba música de jazz.

—¿Qué es esto? —pregunté.

Los ojos azules de Ariadna brillaban con un entusiasmo infantil.

—¿No te has dado cuenta todavía?

—Pues no.

Al llegar al fondo del pasillo había una puerta. Ariadna puso una mano sobre el picaporte y, antes de abrirla, me anunció:

—Estamos en un *speakeasy*.

Accedimos a un universo que no podía ser más diferente a la tienda de perritos calientes. Gente bien vestida sentada en mesas con poca luz o frente a una barra enorme decorada con cientos de botellas de todas las formas y colores. Cinco *bartenders* mezclaban bebidas en cocteleras y las servían en vasos largos, bajos, esféricos y hasta cúbicos.

—Los *speakeasy* eran bares ilegales durante la época de la ley seca. Solían estar escondidos detrás de un negocio que actuaba como tapadera.

Señalé a una camarera que le cobraba a un cliente con tarjeta de crédito.

—Esto de ilegal no tiene nada.

—Hace noventa años que no hay ley seca. Ahora estos bares están escondidos por diversión. No me vas a decir que lo de la cabina telefónica no ha sido guay.

—Ha sido genial —reconocí.

Ariadna señaló una mesa.

—Mira.

Reg Garvey estaba sentado solo contra una pared de ladrillos desnudos. Al vernos, se puso de pie con la lentitud de un elefante. Nos dio tiempo a acercarnos y a que yo le pusiera una mano en el hombro, simulando un saludo.

—Siéntese y no haga un escándalo, que solo queremos hablar un rato.

Garvey se sacudió para deshacerse de mí, se aplanó la ropa con la mano y volvió a sentarse. Me puse a su lado, entre la pared y la salida.

—Hola, Reg —le dijo Ariadna, ubicándose frente a él.

—Hola.

Un camarero musculoso nos trajo la carta. Le di una ojeada fugaz y pedí un hanky panky, que no tenía idea de lo que era, pero entre los ingredientes llevaba fernet.

—Yo quiero un dry martini —dijo Ariadna.

—Y yo quiero que llames a la policía. Estas dos personas me están reteniendo contra mi voluntad.

37

—¿Contra tu voluntad? ¿Qué dices, Reg? —rio Ariadna. Después le regaló una sonrisa al camarero—. No lo tomes en serio, Reg es un bromista.

—De verdad —dijo Garvey, poniéndose de pie—. Déjame pasar, por favor.

—Por supuesto —respondió Ariadna—, pero no digas esas cosas. ¿Cuál será tu próxima broma? ¿Ir al aeropuerto y gritar «bomba»?

El camarero nos dedicó una sonrisa incómoda y regresó a la barra.

—Vuelve a sentarte, haz el favor —le dijo Ariadna en cuanto el chico ya no pudo oírnos—. ¿O quieres salir corriendo y que te persigamos?

—Podrías haber llamado por teléfono en lugar de tenderme una emboscada, la verdad. Me va a escuchar esa australiana.

A regañadientes, Garvey se sentó de nuevo, esta vez en el lado más cercano a la salida.

—Pensé que teníamos una relación profesional seria —lo reprendió Ariadna—. ¿Te has vuelto loco?

—¿De qué hablas?

—Sabemos que robaste el manuscrito de la Patagonia del hotel Touring en Trelew.

Las pobladas cejas de Garvey subieron en su frente perlada.

—¿Creen que yo tengo ese manuscrito?

—Un iPhone accedió a las webs de la Morgan Library y del *Sydney Morning Herald* desde la red del hotel. Tú tienes un iPhone, eres académico asociado a esa biblioteca y tu mujer es de Sídney. Demasiada casualidad que justo estuvieras de vacaciones por la Patagonia esos días.

Garvey negó, tomó un trago de su cóctel y se secó el bigote con una servilleta.

—No fui a la Patagonia. Tuvimos que cancelar el viaje.

—¿Qué?

—Mi suegro falleció de un ataque al corazón una hora después de que terminara la fiesta en la embajada. Al día siguiente volamos a Sídney a las diez de la mañana. Si crees que antes de subirme a ese avión tuve tiempo de ir a Trelew, averiguar dónde estaba el manuscrito y robarlo, estás como una cabra.

El académico nos mostró en su teléfono una foto en la que se veía a él y a su mujer junto a una veintena de personas. Casi todas estaban vestidas de negro.

—Es el servicio conmemorativo que hicimos después del entierro. Mi suegro se llamaba Frank Hirst. Con un par de búsquedas en internet comprobarás que no miento. Si quieres, también puedo enviarte una foto del sello en mi pasaporte.

La mirada de Ariadna comenzó a teñirse de resignación.

—Lo siento mucho por tu suegro.

—Yo no. Era un hijo de puta.

—Espere —intervine—. Si usted no tiene el manuscrito, ¿por qué ha reaccionado así al vernos?

Garvey intentó darnos largas, pero Ariadna lo cortó enseguida.

—¡Porque fuiste tú quien me amenazó con quemar el manuscrito de París si no te daba el de la Patagonia!

Garvey vació los pulmones.

—Al menos intenta entenderme. Basé mi carrera en sostener que, sin Nueva York, jamás habría habido un principito. Y toda la comunidad académica coincidía conmigo en que la obra se había gestado íntegramente en esta ciudad. Cuando me mostraste esos dibujos y esas fotos en la embajada…

—Te las mostré en privado porque te creía un profesional íntegro. No sabía que eras capaz de cualquier cosa por ego.

—No actué por ego.

—Ah, ¿no?

—Escucha, Ariadna, esa libreta no podía haber aparecido en peor momento —explicó—. Hace unos años firmé una opción para adaptar mi libro *Los orígenes neoyorquinos de «El principito»* a una serie documental. La filmación está a punto de concretarse después de años de idas y venidas con la productora. Si los documentalistas se enteran de este nuevo manuscrito, todo podría atrasarse. Vi en tu manuscrito una amenaza a mis finanzas. Tú sabes que los académicos no somos ricos.

—¿Justificas hacer desaparecer una pieza única porque le conviene a tu bolsillo?

Garvey negó con la cabeza. La papada acompañó el movimiento a destiempo.

—Quiero demasiado la obra de Saint-Exupéry como para lastimarla. Créeme que celebro tanto como tú la aparición de esa libreta. Iba a ser solo algo temporal.

—¿Temporal?

—Hasta que se estrenara la serie. Cuando yo ya hubiera cobrado los derechos y las ventas de mis libros se hubieran revitalizado con la adaptación, entonces ya no me perjudicaría que apareciera este manuscrito.

Ariadna lo fulminó con la mirada.

—No estoy orgulloso de lo que hice, pero no vi otra opción. De todos modos, no puedo hacer que el tiempo retroceda.

—Pero puede deshacer parte del daño —intervine—. Devolviendo el manuscrito de París, por ejemplo.

Los ojos de Garvey se movieron hacia los míos de manera instantánea.

—Nunca he tenido ese manuscrito.

—¿Qué quieres decir? Me enviaste un vídeo amenazándome con quemarlo.

—Pensé que ya se habrían dado cuenta.

El hombre sacó del maletín una computadora portátil y reprodujo el vídeo que Ariadna había recibido con la amenaza. Era, sin duda, el mismo. Se veía una mano acercando un montón de papeles a las llamas. Sin embargo, en esta versión, esos papeles estaban en blanco.

—Esta tecnología se llama *deep fake*. Por lo general la usan para generar vídeos de políticos diciendo algo que los hace quedar mal. Son falsos, pero el software es tan bueno que puede generar el movimiento de la persona hablando y el sonido de su voz. Evidentemente, también puede cambiarle el aspecto a un fajo de papel.

Recordé la frase de mi amigo *hacker* sobre el avance increíble de la inteligencia artificial en los últimos meses.

—Nunca tuve el manuscrito de París. Se me ocurrió usar el robo en la Biblioteca Nacional de Francia para que me entregaras el manuscrito de la Patagonia. E, insisto, jamás tuve intención de destruir ni siquiera una servilleta escrita por Saint-Exupéry. Eso me dolería tanto como a ti, Ariadna. —La expresión del hombre parecía sincera—. La Biblioteca Nacional de Francia tardó tres días en anunciar el robo en los medios —continuó—, pero yo me enteré mucho antes. Me lo contó un compañero de cuando trabajé allí como catedrático visitante. Me dio tiempo para pensar y preparar lo del *deep fake*. Que, por cierto, suena a ciencia ficción, pero con las herramientas que hay hoy lo podría haber hecho hasta mi madre.

—¿De dónde sacó las imágenes del verdadero manuscrito para hacer el montaje? —le pregunté.

—De internet. La versión digital está disponible para cualquiera con un carnet de la Biblioteca Nacional de Francia.

Tomé nota mental de investigar sobre *deep fake*. Con lo potente que era, tarde o temprano me la encontraría en otro caso. Internet y la tecnología hacían que cambiara mi profesión cada puto día.

38

Dejamos a Garvey en el *speakeasy* y salimos por una puerta que daba a una calle secundaria. La noche estaba fría y Ariadna sugirió que cenáramos algo mientras intentábamos entender lo que acababa de pasar.

Nos metimos en un *diner* de esos en los que la camarera pasa cada diez minutos ofreciendo más café. Nos sentamos en los clásicos sillones enfrentados y pedimos hamburguesas.

—¿Para beber?

—Un gin-tonic —pidió Ariadna.

—Curiosa elección para una hamburguesa —le dije.

—A mí me parece excelente —acotó la camarera en perfecto español.

Ariadna me miró y sonrió.

—No la puedo dejar sola —le dije a la muchacha—. Otro para mí.

Cuando la chica se alejó, la cara de Ariadna se tiñó de resignación.

—Esto es una puta locura —dijo.

—Estoy de acuerdo. Hamburguesa con gin-tonic, ¿en serio?

Soltó una risa. Cada vez me gustaba más hacerla reír.

—Me refiero a la situación en la que estamos. No sabemos quién mató a Lloyd, ni dónde están el manuscrito de París ni el de la Patagonia.

Asentí, eligiendo mis palabras. Con respecto al asesinato, tenía una clara sospechosa, pero no soy tan kamikaze como para decirle a una hija que la homicida podría ser su madre.

—Del manuscrito de París es cierto que no tengo ni idea, el de la Patagonia lo tiene Jane Winterhall. Estoy seguro. Nos distrajo con Garvey para que quitásemos el foco de ella.

—Pero ¿por qué hizo toda esa pantomima de exigirnos un contrato de representación a cambio de conseguirnos una reunión con él? Sabía que Garvey nos demostraría que él no tenía el manuscrito de la Patagonia.

—Para ganar tiempo —dije—. Exigiéndonos ese contrato borró de un plumazo toda sospecha sobre ella. Al menos de manera momentánea.

—¿Tiempo para qué?

—Para venderlo.

Ariadna negó con la cabeza.

—Estas cosas no se venden en un día.

—Cualquier cosa, si tiene un precio lo suficientemente atractivo, se vende en un día.

La camarera volvió con los gin-tonics y nos anunció que pronto estarían las hamburguesas.

—Pero Jane Winterhall es una figura pública —objetó Ariadna—. Su nombre es su marca. ¿Qué sentido tiene ganar tiempo si tarde o temprano podremos ir, llamar a su puerta y pedirle explicaciones?

Ariadna bebió un trago de la copa cónica.

—Podría cerrar su oficina y desaparecer —aventuré.

—No. En su negocio, el nombre lo es todo. Cambiarlo significaría empezar de cero. Y por más valor que tenga ese manuscrito, no creo que esté dispuesta a sacrificar su carrera. Además, Jane Winterhall está enamorada del personaje de Jane

Winterhall. No va a hacerla desaparecer. Basta con mirar sus redes sociales.

—¿Entonces?

—Desaparecerá por un tiempo hasta que logre vender el manuscrito. Después, volverá a su vida como si nada. ¿Y qué podremos hacer nosotros entonces? Nada.

—¿Ni siquiera denunciarla? —pregunté.

—No. No se trata de un manuscrito que estuviera catalogado en una colección privada ni en una institución, como el de París. Un manuscrito que aparece así, de la nada, es como un bebé nacido fuera de un hospital. Cualquiera puede decir «es mi hijo» y registrarlo a su nombre.

—Pero en este caso, tú, que serías la madre legítima, podrías reclamar.

—Por desgracia no hay análisis de ADN para estos casos —dijo con una sonrisa amarga.

—¿Haber anunciado la existencia del manuscrito en la embajada no te ayuda a que te crean?

—Es que no era mío. Era de una persona que está muerta. Y, además, ¿qué pruebas tenemos nosotros de que lo tiene Jane Winterhall? Después de que las venda, puede que esas páginas desaparezcan por mucho tiempo en una colección privada.

—¿Y todo esto que me cuentas es legal?

—Absolutamente legal. Winterhall podrá seguir con su negocio como si nada.

—Entonces tenemos que encontrarlo antes de que lo venda.

Ariadna buscó en su teléfono y negó con la cabeza.

—¿Qué pasa?

—No puede ser. ¿Jane Winterhall está en París? Pero si hace nada hemos hablado con ella.

Miré la pantalla de Ariadna. Efectivamente, en su última publicación en redes sociales, la australiana posaba con un abrigo de piel y las piernas al descubierto frente a la torre Eiffel.

Busqué en mi teléfono y sonreí. Winterhall era muy hábil.

—Negativo —dije—. No está en París. Estuvo alguna vez, pero no ahora.

—¿A qué te refieres? —preguntó Ariadna señalando la foto.

—A que esa imagen es vieja. La ha colgado ahora para despistar.

—¿Cómo lo sabes?

Le mostré en mi teléfono un mapa con un punto rojo.

—Jane Winterhall está en Manhattan, a novecientos metros de nosotros.

—¿Le pusiste un rastreador al teléfono?

—Claro.

—¿Y eso cómo se hace?

—Pagando. ¿O te pensabas que los doscientos dólares de más que le di al muchacho de la tienda de teléfonos eran propina?

—Pensaba que le habías ofrecido más dinero para que lo hiciera rápido.

—Se nota que no me conoces.

El punto rojo estaba sobre un nombre que reconocí enseguida: Grand Central Terminal.

—Está en la estación de tren donde la perdimos el otro día —dije.

—¿Quizá planea irse de la ciudad?

—Lo averiguaremos muy pronto.

39

Salimos del *diner* con la mirada pegada a la pantalla de mi teléfono, donde el punto permanecía quieto.

—¿Entonces podemos saber en todo momento dónde está Jane Winterhall?

—Sí. No me fiaba un pelo de lo que nos dijo. Al fin y al cabo, ¿qué pruebas nos dio de que no tenía el manuscrito? Ninguna. Simplemente nos distrajo con lo de Garvey. Pero lo cierto es que él nunca estuvo en el Touring y ella sí. Además...

Señalé una secuencia de letras y números en la pantalla.

—Esa es la dirección MAC de Jane Winterhall. Y coincide con la que había en el Touring.

Continuamos en silencio y con paso ligero. Al llegar a la fachada de la Grand Central Terminal, volví a mirar el teléfono.

—Mierda —dije.

—¿Se ha ido en un tren?

—No. Creo que peor que eso.

—¿Qué puede ser peor?

—No está exactamente en la estación, sino al otro lado de la calle, en ese edificio.

Teníamos ante nosotros un rascacielos enorme. Algunas búsquedas en internet nos llevaron a saber que el One Vanderbilt era el cuarto edificio más alto de la ciudad de Nueva York. Tenía noventa y tres pisos, en su mayoría de oficinas, y Jane Winterhall podía estar en cualquiera de ellos.

Nada más entrar al *lobby* nos recibió una pantalla interactiva con los nombres de las empresas que tenían oficinas allí. Había cientos y cientos: corredores de bolsa, redacciones de medios, gestores de inversión, dentistas; la lista de rubros era enorme. Winterhall podía estar allí viendo a un médico, hablando con un abogado o disfrutando de las vistas del mirador en el último piso.

Si queríamos interceptarla, tendríamos que esperar a que saliera de esa mole de vidrio y acero.

40

El rascacielos tenía salida por tres de los cuatro lados de la manzana que ocupaba. Además, desde dentro del edificio se podía descender directamente a la estación de metro, y desde allí, por túneles subterráneos, al *hall* de la Grand Central Terminal. Es decir, era inútil intentar adivinar por dónde saldría Winterhall.

Nos apostamos en un bar-restaurante a pocos metros de allí y pedimos un par de cervezas, convencidos de que en cualquier momento el punto rojo en mi teléfono comenzaría a moverse.

A la una de la mañana éramos los únicos clientes que quedaban en el local. El camarero nos avisó de que cerraban y nos invitó a pagar e irnos.

—¿Qué hacemos? —me preguntó Ariadna en cuanto salimos y el aire frío de la noche nos golpeó en la cara.

—Parece que Winterhall va a pasar la noche en ese edificio —dije—. Podemos esperarla o ir a dormir y seguir mañana.

—Mañana cuando nos despertemos puede estar en Budapest.

Chasqueé la lengua y señalé mi teléfono.

—Claro que no. Puedo configurar una alarma en la aplicación para que nos avise cuando Winterhall salga del perímetro del edificio.

Ariadna lo pensó unos segundos.

—Está bien, vámonos. No sabemos lo que puede tardar en salir. Nos irá bien descansar un poco.

Nos pusimos a caminar de regreso hacia el hotel. A pesar de la situación, el alcohol que habíamos tomado hacía que se nos pintara una sonrisa en la cara ante una alcantarilla que escupía vapor o una rata comiendo basura al pie de un cubo metálico.

Después de un buen rato, llegamos a uno de los ríos que delimitan la isla de Manhattan.

—¿Te suena? —me dijo Ariadna señalando a la izquierda.

Era imposible no reconocer el gran puente colgante suspendido sobre dos pilares de piedra con arcadas puntiagudas.

—El puente de Brooklyn —dije.

—Vamos a cruzarlo.

—¿Ahora?

—Si prefieres, volvemos el mes que viene.

Reí y eché a andar tras ella.

A esa hora de la noche, el tráfico era leve y cruzar el puente a pie resultaba agradable. Con cada vehículo que cruzaba, sentíamos el suelo vibrar bajo los pies.

Pasamos junto a una mujer acurrucada en unas mantas. Me pareció increíble que pudiera dormir en un lugar así. A su lado había un trozo de cartón con las palabras UNA AYUDA PARA COMER, POR FAVOR en inglés y en español. Me detuve para darle unos dólares.

—¿Quién es esa niña? —me preguntó Ariadna, señalando la foto de carnet que yo llevaba en la billetera.

—Mi sobrina Eva. Tiene ocho años.

—Es preciosa —dijo.

—Y muy inteligente. Se perfila como la típica que será siempre la primera de la clase.

Ariadna acercó la vista a la fotografía y señaló un escudo en el pecho de Eva.

—No me digas que va al colegio a los maristas de Les Corts.

—Sí.

—Allí hice los primeros años de la primaria.

—Vaya coincidencia.

—Por cierto, yo también era la primera de la clase.

—No me extraña. Supongo que hay que ser muy inteligente para que te elijan, siendo tan joven, para dar una charla en el cementerio de dinosa... Quiero decir, en la fiesta de la embajada.

Ariadna rio y me devolvió la cartera.

—¿Te gustan los críos?

—Sí. Pero sobre todo me gusta Eva. Me entiendo mejor con ella que con muchos adultos.

—Pues entonces tú también tienes algo de niño dentro de ti. A ver si te vas a convertir en otro fan de Saint-Exupéry como yo.

—Para eso hay que estar un poco loco, ¿no?

Ariadna me sacó la lengua y sonrió. Caminamos un rato en silencio, dejando que nuestras miradas se encontraran de vez en cuando.

—¿Sabes? Me gusta esta aventura que estamos viviendo.

Todas mis antenas se pusieron en alerta. ¿Me estaba tirando los trastos? Decidí recurrir a mi experiencia como detective privado para indagar un poco más al respecto.

—¿Me estás tirando los trastos?

—Pues mira, me gustas y estamos caminando nada menos que en el puente de Brooklyn. Y digo yo, si la atracción fuera mutua, ¿no sería mejor enterarnos en un lugar así de bonito que cinco minutos más tarde, cuando pasemos delante de una tienda de teléfonos cerrada?

—A mí las tiendas de teléfonos cerradas me ponen bastante.

Ariadna rio y negó con la cabeza. Noté que el camino bajo nuestros pies dejaba de ser ligeramente ascendente y ahora era plano. Estábamos justo en la mitad del puente.

Me apoyé en la baranda. En cuanto me giré para mirarla, Ariadna plantó sus labios sobre los míos. De fondo sonaron sirenas y motores de camiones. La abracé. La diferencia de altura hacía que su pecho se uniera a las mil maravillas a la boca de mi estómago y que mi espalda se encorvara un poco sobre ella, como si la protegiera de la lluvia. Mi cuerpo nunca había encajado tan a la perfección con el de otra persona.

Quise pedirle que nos quedáramos así hasta que las cervicales dijeran basta. Tenía miedo de soltarla porque no sabía cuándo volvería a sentir esa tibieza dentro del pecho. Pero era consciente de que decir eso sería empalagosamente cursi. Opté por separarme de ella y mirar a un lado y al otro del puente, como si quisiera encontrar algo.

—¿Qué buscas?

—Una tienda de teléfonos cerrada.

41

Será difícil superar aquella noche en Nueva York en la que Ariadna y yo subimos al puente de Brooklyn separados y bajamos de la mano. Perdí la noción de cuánto tiempo caminamos por la ciudad comentando cada detalle, desde los hidrantes rojos para los bomberos hasta las icónicas entradas al metro. Finalmente nos subimos a un taxi para que nos llevara al hotel.

En un mundo ideal nos habríamos dado un largo beso en el ascensor y ella me habría propuesto que entráramos a tomar la última copa en su habitación.

Pero en el mundo real, el teléfono sonó cuando el taxi iba a medio camino para avisarme que el puntito rojo había salido del perímetro.

—Winterhall se mueve —dije.

En la cara de Ariadna vi una sombra de protesta que me resultó reconfortante. Al parecer, ella también hubiera preferido que no nos interrumpieran.

—Disculpe, cambio de planes —le dije al taxista—. Llévenos a Grand Central Terminal, por favor.

Cuando estábamos a punto de llegar a la terminal, el punto rojo comenzó a moverse de nuevo.

—Se está yendo hacia el este.

—Sigámosla.

Al taxista no le gustó nada que volviéramos a cambiar de rumbo.

—¿Dónde van exactamente? —preguntó de mal humor.

—Por el momento, hacia el este.

—¿Fuera de Manhattan?

—Todavía no lo sabemos.

—Hey, no me estarán timando, ¿no?

Deslicé un billete de cien dólares por la ranura en el acrílico que nos separaba.

—Cuando el taxímetro llegue a cien, le doy otros cien. No sé cuánto vamos a estar ni adónde vamos, porque estamos siguiendo a una persona. ¿Eso es un problema para usted?

Su expresión se relajó un poco.

—Mientras paguen y no vomiten en el coche, no tengo problemas.

Al parecer, Winterhall se estaba yendo en metro, porque el punto rojo en el mapa cruzó el río por donde no había ningún puente ni túnel para vehículos.

—La línea 7 es la única que funciona a esta hora en esa dirección —nos explicó el conductor cuando le preguntamos.

—¿Adónde va?

—Hacia el este —dijo con una sonrisa—. Long Island City, Sunnyside, y termina en Flushing.

Cuarenta minutos y dos billetes más tarde, el taxi se detuvo en una esquina.

—Esa es la última parada de la línea 7.

Nos dejó en una zona donde los edificios eran de cuatro o cinco pisos de altura y la mayoría de los comercios tenían sus carteles en caracteres chinos. Eran las cinco de la mañana y aquel barrio ya empezaba a despertar. Había demasiada gente en la calle como para abordar a Winterhall sin buscarnos un problema.

Vimos emerger a Winterhall de las escaleras del metro y decidimos seguirla. Tres manzanas más adelante, sacó de su bolso un manojo de llaves y entró a un edificio residencial que parecía de buena categoría.

—Quizá aquí es donde vive —dijo Ariadna.

Mientras esperábamos, consulté las redes sociales de Winterhall. Durante su trayecto en tren había publicado una nueva foto de ella en París. Esta vez, desde la pirámide de cristal en la entrada del Museo del Louvre.

—¿Qué hacemos?

—Por lo pronto, esperar —dije.

—Llevamos demasiado tiempo esperando —protestó Ariadna.

—¿Recuerdas que te dije que serías una buena investigadora privada? Ahora no estoy tan seguro. Esperar es imprescindible en el rubro.

Nos sentamos en una cafetería china y pedimos café y una especie de pastel señalando con el dedo. Configuré una nueva alerta para que me avisara cuando Winterhall volviera a moverse y me puse a trabajar.

—¿Qué haces? —me preguntó Ariadna.

—Repaso el directorio del rascacielos. Quiero ver si descubro algo que me diga qué estaba haciendo Winterhall ahí de madrugada.

—Pero son muchísimas empresas las que alquilan allí.

—Unas cuatrocientas —dije, mirando el último número de la lista.

—Te ayudo —dijo Ariadna, y sacó su teléfono—. ¿Qué buscamos?

—No lo sé.

Tomamos café y comimos en silencio, ambos con los ojos pegados a las pantallas. La lista de inquilinos era críptica y la mayoría de las empresas tenían nombres que no decían nada, como NYC Holdings o Baker and company.

No encontramos nada en la hora y media que Winterhall tardó en volver a moverse de su casa. Pagamos y salimos a la calle justo a tiempo para verla irse del aparcamiento del edificio en un Mini color mostaza.

—¡Taxi! —dije.

—Espera —me advirtió Ariadna, haciendo que bajara la mano.

—¿Qué pasa?

—Que se va en coche.

—Por eso, necesitamos un taxi.

—No. Va a salir de la ciudad.

—¿Cómo lo sabes?

—Casi nadie que vive tan cerca del metro está lo suficientemente loco como para ir a Manhattan en su propio vehículo, menos a esta hora. El tráfico es imposible.

—Entonces ¿qué quieres hacer?

Ariadna consultó el teléfono y señaló en dirección contraria a la que íbamos.

—Para allá —dijo.

Veinte minutos más tarde nos subíamos a un Kia Rio blanco que acabábamos de alquilar, Ariadna al volante y yo de acompañante.

Recorrimos la autopista hacia el este. Los grandes árboles que crecían a ambos lados del asfalto daban la sensación de que estábamos cruzando un bosque. Sin embargo, en el mapa quedaba claro que aquello era una ilusión óptica. Solo había una delgada línea forestal bordeando la autopista y luego todo, absolutamente todo, eran casas con jardín. Costaba comprender la cantidad de gente que vivía alrededor de Nueva York.

—Escucha —dije al cabo de un rato—. Una de las oficinas del piso cuarenta y ocho está a nombre de Bennett and associates. Según su página web son un gabinete de abogados especializados en derecho aplicado al mercado del arte, patrimonio histórico y antigüedades.

Ariadna quitó la vista del camino por un minuto para mirarme con ojos grandes.

—¿Te suena?

—Claro —dijo—. Son los abogados que representaban al dueño de las dos páginas inéditas que salieron a subasta en 2012. Si Winterhall ha estado en ese bufete de madrugada, es porque tenía que resolver algo con mucha urgencia para esta mañana.

Salimos de la autopista y continuamos por una carretera hacia el norte. Ya no había una cortina de árboles escondiendo las casas. La mayoría tenía el jardín con vistas directas al tráfico.

—¡Asharoken! —exclamó Ariadna de repente.

—¿Qué idioma es ese?

—Ya sé adónde va —dijo—. A Asharoken.

—¿Eso qué es?

—Un pueblo muy pequeño.

—¿Cómo sabes que va hacia allí?

—Porque en Asharoken está Bevin House, la mansión donde Saint-Exupéry escribió el borrador final de *El principito*.

42

El final de la carretera pública era una trifurcación en la que todas las posibilidades exhibían un cartel de CAMINO PRIVADO - NO PASAR. Dejamos allí el coche y continuamos a pie.

En aquella parte del mundo, la verja más alta eran unos listones de madera decorativos que me llegaban a la rodilla. Sumado a la frondosa vegetación, que todavía no había perdido las hojas, resultaba bastante fácil acercarse a cualquiera de las casas del lugar.

—Esa es Bevin House.

Ariadna señalaba una casa blanca de tres pisos hecha de madera. A pesar del estilo antiguo, estaba perfectamente mantenida, al igual que el exuberante jardín que la rodeaba.

—Aquí vivió Saint-Exupéry con su esposa Consuelo durante el verano y otoño de 1942. Y aquí escribió el famoso manuscrito de *El principito* que hoy se conserva en la Morgan Library.

Nos refugiamos tras unos arbustos pulcramente recortados y empezamos a avanzar hasta la construcción.

—Es un lugar precioso —dije—. ¿Sabes quiénes son los dueños hoy en día?

—Sigue siendo de los Bevin, una familia con mucho dinero.

—¿Se puede visitar?

—Visitar no, pero sí alquilarla. Durante años fue mi sueño pasar unos días aquí.

—Si encontramos el manuscrito, podrás cumplirlo.

—No hace falta. Tres mil dólares la noche me parece excesivo incluso para esto.

—¿Tres mil pepinos?

Ariadna asintió.

Del último arbusto pasamos al gran porche que recorría de punta a punta la fachada principal. Nos asomamos por una de las ventanas y vimos a Jane Winterhall. Estaba de espaldas a nosotros y hablaba con un hombre de unos cincuenta años, muy apuesto y elegante. Tenía la piel morena, bigote negro y vestía un traje y una corbata que probablemente valían lo que yo ganaba en un año.

—Mierda —masculló Ariadna.

—¿Sabes quién es?

—Sí. Nasir Al-Qasimi.

—Suena a nombre de jeque árabe.

—Es un jeque de los Emiratos Árabes Unidos. Y uno de los coleccionistas de manuscritos con más dinero en el mundo.

—No me jodas.

—No te jodo. Me he cruzado con él en alguna conferencia. Tiene un doctorado en Literatura y ha escrito artículos muy importantes sobre los autores franceses de la primera mitad del siglo xx.

Miré alrededor.

—¿Qué buscas?

—A los guardaespaldas armados.

Ariadna negó con la cabeza.

—No es ese tipo de jeques. Este es un académico enamorado del mundo occidental. Su familia lo considera un bohemio.

La charla entre Al-Qasimi y Winterhall era inaudible. De vez en cuando oíamos las voces de uno u otro, pero ni siquiera podíamos distinguir en qué idioma hablaban, aunque supuse que en inglés.

—Mira —me dijo Ariadna, indicándome que me asomara un poco más.

Sobre una mesa de café del tamaño de una de billar había una carpeta abierta. Reconocí las páginas amarillentas escritas de margen a margen.

—¿Qué hacemos? —me preguntó Ariadna, como si yo fuera a tener la respuesta.

—Tenemos que llevarnos ese manuscrito.

—El problema es que no sabemos a cuál de los dos se lo estaremos robando.

Entendía perfectamente lo que Ariadna quería decirme. Si Al-Qasimi todavía no había pagado, nos enemistábamos con Jane Winterhall. Pero si ya habían cerrado la transacción…

—Una cosa es que nos busque la australiana y otra un jeque árabe —añadió—. Por más poco convencional que sea.

—Tengo una idea.

De mi mochila saqué papel y un bolígrafo.

—Escribe lo que te voy a decir imitando la letra de Saint-Exupéry.

—Sobre un papel así no va a colar nunca una falsificación.

—Tú escribe.

Le dicté unas líneas y me guardé la nota en el bolsillo.

—Muy bien. Esto es lo que vamos a hacer —le dije, y procedí a contarle mi plan.

43

«Tengo un comprador para el manuscrito. Dice que paga lo que sea. Te doy el setenta por ciento».

Cuando Ariadna apretó el botón en su teléfono para enviarle el mensaje a Jane Winterhall, contuve la respiración. Todo mi plan dependía de que la australiana lo viera en ese momento.

Bendije su adicción a las pantallas cuando, un segundo más tarde, sacó el aparato del bolsillo y lo leyó. Probablemente para el jeque árabe aquello no significó nada, pero yo noté una sombra de duda en la cara de la australiana.

—Ahora —dije.

Ariadna la llamó por teléfono.

Vimos a través del vidrio cómo la australiana miraba el aparato considerando si atender o no.

—Vamos, vamos, vamos —murmuré.

Le dijo algo al jeque y él asintió señalando una puerta de madera. La australiana se encerró allí para hablar.

—¿Qué quieres? —le preguntó a Ariadna.

—Que me escuches.

—Demasiado tarde.

—¿Lo has vendido?

—Estoy a punto.

Nos miramos aliviados. Íbamos contra la australiana y no contra el jeque. Le hice señas para que intentara alargar la conversación lo máximo posible mientras yo ponía en marcha la otra parte del plan.

Caminé hacia la puerta principal de la casa y llamé con golpes suaves para que los escuchara el jeque, pero no ella.

Nasir Al-Qasimi me abrió la puerta. Se mostró sorprendido pero amable.

—¿Señor Al-Qasimi? —pregunté en inglés.

—Soy yo.

—Mi nombre es Andrés Grandperrin. Trabajo para la familia Bevin, los dueños de esta residencia.

Sin darle tiempo a responder, le entregué el papel que acababa de escribir Ariadna con la letra de Saint-Exupéry. Decía:

Estimado señor Nasir Al-Qasimi,

Es un verdadero placer tenerlo como huésped en la casa donde escribí mi más famosa obra. Hay una leyenda que dice que mi fantasma continúa en esta casa hasta el día de hoy. Yo prefiero creer que es mi esencia.

Sus anfitriones le han preparado una sorpresa que, como amante de la literatura que es, sabemos que le gustará. Se trata de una proyección de un vídeo sobre mis días aquí, diseñado específicamente para utilizar la fachada trasera de la casa como pantalla.

Si es tan amable, diríjase hacia el roble que preside el patio. Desde allí tendrá una vista óptima.

Con mucho cariño,

Antoine de Saint-Exupéry

Al terminar de leer, Al-Qasimi sonrió.

—Muy original —dijo.

—Un huésped como usted no merece menos —respondí—. Por nuestra parte está todo listo. ¿Le parece un buen momento?

—¿Ahora?

—Si no está muy ocupado.

—Pero es de día. ¿No son de noche las proyecciones?

—Esta no —improvisé—. Es increíble cómo ha avanzado la tecnología en el último tiempo.

El hombre se mostró más interesado aún.

—En unos minutos estoy ahí.

—Lo esperamos. Si hay alguien más en la casa, están invitados, por supuesto —dije, y me alejé de la puerta rodeando la mansión.

En cuanto Ariadna vio que volvía junto a ella, cortó la comunicación.

—Menos mal —dijo—. Ya no podía retenerla más. ¿Qué tal ha ido?

—Creo que bien.

Un minuto más tarde, Al-Qasimi y Winterhall salieron por la puerta principal y rodearon la casa en dirección a la fachada trasera. No tardé más de quince segundos en entrar y llevarme el manuscrito.

Corrimos de arbusto en arbusto hasta el coche y nos fuimos de allí a toda velocidad. En cuanto llegamos a la intersección donde el estrecho camino se encontraba con la carretera, giré a la derecha para regresar por donde habíamos venido. Cuando volvimos a ganar velocidad, la adrenalina hizo que Ariadna soltara un grito y se inclinara hacia mí para darme un fuerte y ruidoso beso en la mejilla.

—No puedo creer que haya funcionado —me dijo.

Una parte de mí quería celebrar con ella y la otra advertirle que no cantara victoria. No hizo falta que decidiera a cuál le hacía caso, porque en el retrovisor vi que Jane Winterhall nos seguía en su coche a toda velocidad.

44

Aceleré a fondo. Considerando el tamaño y la potencia de los coches en Estados Unidos, aquella era una carrera de caracoles. Winterhall con su Mini mostaza y nosotros con un Kia Rio alquilado.

Así y todo, avanzamos por la estrecha carretera secundaria muy por encima del límite de velocidad, con las verjas de las casas zumbando a apenas dos metros del retrovisor.

Ariadna activó el GPS para que nos indicara el camino de nuevo a Manhattan. Cuatro kilómetros más adelante abandonamos la carretera vecinal y giramos a la derecha.

La carretera principal no era muy diferente a la que acabábamos de dejar atrás. Lo que cambiaba era que a los lados, además de casas, había restaurantes, viveros y pequeños supermercados.

Un camión que se incorporó delante de nosotros me obligó a disminuir la velocidad. Vi en el espejo que toda la distancia que habíamos ganado quedaba reducida a tan pocos metros que tuve la sensación de que Jane Winterhall habría podido embestirnos por detrás.

—Al menos viene sola —dije mientras adelantaba al camión.

Winterhall hizo lo mismo.

—Acelera —dijo Ariadna.

—Vamos a ciento treinta por hora.

—¡Acelera!

Pisé el pedal a fondo. Poco a poco, ganamos algo de distancia. Sin embargo, íbamos tan rápido que cualquier imprevisto podía acabar en desastre. Un peatón descuidado, un bache o la policía.

Nunca hubiese imaginado que sería un barco.

Treinta metros por delante, una embarcación montada sobre un tráiler retrocedía enganchada a la parte trasera de una camioneta. Salía de una de las casas y ocupaba todo el carril. Incluso si lograba frenar antes de estrellarnos contra el bote, no sabíamos si Winterhall tenía un arma.

Cuando me metí en el carril contrario para adelantarlo, unas potentes luces comenzaron a parpadear acompañadas de una bocina digna de un buque transatlántico. Era un camión enorme que venía directo hacia nosotros.

Ariadna gritó algo que no registré. En esa fracción de segundo, mi mente estaba ocupada en recordarme que moriría lejos de mi familia.

Sin pensar, aceleré. Logré adelantar a la camioneta que tiraba del bote y volver a mi carril justo a tiempo para que no nos arrollara el camión. Nuestras vidas se salvaron por pocos centímetros.

El imprevisto nos dio una mínima ventaja sobre Winterhall, pero si seguíamos así no llegaríamos vivos a Manhattan.

Salí de la carretera en la primera calle que encontré. Miré por el retrovisor, pero el camino serpenteaba tanto que no me permitió ver si Winterhall había girado detrás de nosotros o pasado de largo.

Le di mi teléfono a Ariadna.

—Mira el localizador.

—Mierda —me dijo, señalando la pantalla.

—¿Nos sigue?

—No solo eso. Esta es una calle sin salida.

—¿Cuánto queda hasta que se acabe?

—No llega a un kilómetro.

Delante de nosotros, un cartel azul anunciaba un lavado integral de coches por ochenta dólares. Observé que los vehículos salían del túnel de lavado en dirección a la calle. Giré bruscamente y me puse a la cola. Solo teníamos un coche delante del nuestro y el propio túnel impedía que nos vieran desde la calle.

—Ha pasado de largo —me anunció Ariadna.

El punto rojo en la pantalla llegó al final de la calle y volvió, esta vez a menor velocidad. Noté que desde donde estábamos podía ver un trozo de la calle. En cuanto Winterhall llegara allí, nos descubriría.

—*Come on* —grité con la ventanilla baja y tocando la bocina.

Al parecer, surtió efecto, porque un minuto más tarde entramos al túnel de lavado.

Si hubiésemos despegado los ojos de la pantalla, habríamos visto cómo unos rodillos enormes enjabonaban, aclaraban y secaban el coche. Pero en aquel momento a nosotros solo nos importaba que el punto rojo en el mapa se alejaba cada vez más del azul.

—Se ha ido —dijimos casi al mismo tiempo.

Cuando emergimos del túnel a la luz del día, lanzamos un grito de alegría y nos abrazamos. Habíamos ganado la partida. La única forma que tendría Jane Winterhall de recuperar ese manuscrito era robándonoslo, y yo me iba a encargar de que eso no sucediera. Ariadna se despegó de mí unos centímetros para mirarme y me dio un beso en la boca.

Una mano se apoyó sobre el parabrisas. El sobresalto hizo que nos separáramos. Era un chico que, sin poder reprimir una sonrisa, repasaba los cristales con un trapo.

45

Durante el regreso a Manhattan notaba la amenaza del maletín en el asiento de atrás como si tuviera uranio enriquecido.

—No podemos pasar otra noche en ese hotel —dije—. Estamos registrados con nuestros nombres.

—No exageres.

—Si hubieras visto lo que yo he visto, sabrías que no exagero. Hoy por hoy es más fácil rastrear a una persona de lo que crees.

—¿Qué propones?

Miré por la ventanilla. Estábamos a punto de entrar al túnel de Queens para acceder a la isla de Manhattan.

—Recogemos nuestras cosas y buscamos otro alojamiento.

Así lo hicimos. Sobre las doce del mediodía, nos alejábamos del hotel Wyatt avanzando a paso de tortuga entre el río de vehículos en el que se transforma cada día cualquier calle de Nueva York.

Ariadna buscó hoteles en el teléfono y eligió uno al azar en el distrito de Tribeca, porque le llamó la atención el nombre.

El Tribeca Palace era un hotel de medio pelo. Me registré bajo el nombre de Mateo Sandrini usando el documento de identidad más fácil de falsificar en todo el mundo: el DNI de Italia. Era apenas una cartulina con un sello y una foto pegada. Aunque el gobierno ahora emitía una tarjeta plástica digna del siglo XXI, millones de italianos seguían usando el modelo viejo hasta que caducara.

Ariadna solo contaba con su pasaporte verdadero, así que reservé una habitación para mí. Le dije a la recepcionista que mi pareja se uniría en unas horas y le prometí que en cuanto lo hiciera le presentaríamos su documento de identidad. No pareció muy preocupada.

Subí a la habitación. Diez minutos después, llamaron a la puerta. Era Ariadna. Resultaba curioso que en la mayoría de los hoteles cualquier persona pudiese subir a las habitaciones sin que nadie le preguntara si estaba alojada allí o no.

Lo primero que hicimos tras cerrar la puerta fue abrir el maletín sobre la cama. Miré durante unos instantes los papeles amarillos protegidos individualmente por folios de plástico. Me bastó una ojeada a las primeras páginas para reconocer que eran las mismas que yo había visto fotografiadas.

Estaba ante un documento histórico, pero el verdadero espectáculo sucedía un metro más arriba. La cara de Ariadna tenía una sonrisa de oreja a oreja que me recordó a la de Eva abriendo sus regalos de Reyes. La acompañaba con grititos de puro placer.

A medida que avanzaba mirando las hojas, señalaba bocetos o leía pasajes en francés que después me traducía. Había dibujos muy parecidos a los de *El principito*, e incluso uno de ellos llevaba por título *Le Petit Prince*.

—¡No me lo puedo creer! —exclamaba de tanto en tanto y señalaba el papel.

Alguien llamó a la puerta de la habitación. Nos miramos y nos quedamos absolutamente quietos.

—*Delivery* —dijeron del otro lado.

Respiré aliviado. Habíamos pedido una botella de vino y dos copas a través de una aplicación, porque el hotel no ofrecía servicio de habitaciones.

Abrí la botella y serví el líquido rojo en las copas.

—Por nosotros —dijo Ariadna—. Lo hemos logrado.

Lo habíamos conseguido. Mi trabajo ya estaba hecho y, por lo tanto, ya no nos unía una relación de investigador-cliente. Tomé aire y dije la frase con el mismo peso en el estómago que siente alguien que salta al vacío.

—Es un verdadero espectáculo verte así de feliz. Podría mirarte sonreír durante horas.

—Ah, bueno —me respondió—. ¿Tiene un lado cursi el señor investigador?

—Ya sé que es difícil aceptar que no soy perfecto —bromeé.

—Dificilísimo.

—Lo que quiero decir…

Ariadna levantó la mano para que me callara. En silencio, puso el manuscrito sobre el pequeño escritorio y cuando volvió a la cama, se sentó a mi lado.

—Creo que sé lo que quieres decirme.

La besé en la boca. El contacto con sus labios tibios hizo que una energía me recorriera todo el cuerpo, y en ese momento me sentí invencible.

No contaré detalles. La discreción es un sesgo profesional. Pero sí diré que no podríamos haberlo celebrado de mejor manera.

46

A la mañana siguiente, la luz que se filtraba a través de las nubes grises consiguió despertarme a las ocho y media. La espalda de Ariadna subía y bajaba al compás de respiraciones profundas. Siempre me resultó raro el primer amanecer junto a una mujer. ¿Qué debía hacer? ¿Abrazarla? ¿Decirle «buenos días»? ¿Besarla? ¿Ofrecerle el desayuno?

Por lo pronto, decidí dejarla dormir y fui al baño a darme una ducha.

No hay como no querer despertar a alguien para hacer ruido. Mientras me secaba, golpeé sin querer un pequeño neceser que Ariadna había dejado en el mármol junto al espejo. Cayó al suelo con un estruendo y las baldosas quedaron minadas de objetos de plástico.

—Mierda —murmuré.

Recogí sombras, rímel, esmaltes de uñas y otros envases de maquillaje. Varios se habían rajado. Con el rabillo del ojo, algo que parecía un pintalabios me llamó la atención. Sin embargo, en cuanto lo levanté me di cuenta de que no se trataba de ningún artículo de maquillaje. Era la grabadora USB que había desaparecido de debajo de la mesa de Cipriano Lloyd cuando lo encontré muerto.

Me quedé paralizado, con el agua todavía chorreando por partes del cuerpo. ¿Por qué Ariadna no me había contado que la tenía? Al encontrarla, lo más lógico habría sido pensar en mí. ¿Quién más que un investigador privado podría haber instalado un aparatito como aquel? Además, después de ver a Campello en el observatorio, yo mismo le había hablado de la grabadora. ¿Por qué en ese momento no me contó que la había encontrado? Algo me decía que, si me lo había ocultado, no podía ser por nada bueno.

—Me muero de hambre. ¿Bajamos a desayunar? —me propuso desde la cama en cuanto salí del baño.

—Yo tengo el estómago un poco revuelto. Debe de ser por tanta comida chatarra. Prefiero salir y tomar un poco de aire.

—Vale, damos un paseo y pillo algo por ahí.

—Me gustaría ir solo, si no te importa.

Ariadna se incorporó sobre los codos.

—No me digas que eres el típico tío que al día siguiente se arrepiente. Te lo hubieras pensado mejor antes, ¿no?

—No es eso.

—¿Entonces? ¿Qué ha pasado mientras dormía para que estés así?

—Mi madre —mentí—. Me ha dicho la cuidadora que no está teniendo unos días buenos.

—Joder. Perdona.

Ariadna se levantó de la cama y, todavía desnuda, me dio un abrazo.

—Necesito estar un rato solo.

—Por supuesto. Anda, vístete y vete a pensar por Manhattan.

Sonó su teléfono. Al ver en la pantalla que era su madre, rechazó la llamada.

—Anoche lo pasé genial —me susurró al oído.

—Yo también.

Mientras me vestía, rebusqué disimuladamente entre mis cosas hasta encontrar otra de las grabadoras que había usado en la casa de Lloyd. Estaba vacía, porque yo había transferido los archivos a mi ordenador.

Volví a meterme al baño e intercambié las grabadoras. A simple vista eran idénticas. Incluso ambas tenían restos de pegamento en una cara. Ariadna solo podría notar la diferencia si la conectaba a algún dispositivo para mirar su contenido.

Del otro lado de la puerta, su teléfono volvió a sonar.

Nos despedimos con un beso en la boca. Un beso tierno, que yo habría atesorado por mucho tiempo de no ser porque no podía quitarme de la cabeza la pregunta de qué hacía ella con esa grabadora.

47

Caminé sin rumbo por la ciudad, con la cabeza a mil por hora. Compré un café aguado y enorme que me costó lo mismo que lo que valía un menú con bebida y postre en mi barrio. Con el vaso de cartón en la mano, sorbiendo a través del agujerito en la tapa de plástico, me sentí por un momento un neoyorquino más.

En una tienda de electrónica compré un lector USB para teléfonos. En menos de dos minutos llegué a unas escalinatas que ascendían hasta un edificio pequeño, con columnas que le daban a la fachada un aire solemne. Un edificio que, al igual que el Grand Central Terminal, había sido grande en su momento, pero ahora, rodeado de rascacielos, quedaba reducido a una vieja reliquia.

Subí por los escalones y me senté a los pies de una estatua de bronce. Según la placa grabada en piedra, el hombre era George Washington, y en ese edificio se había convertido en el primer presidente de los Estados Unidos.

Enchufé la grabadora al lector y puse la contraseña. Había casi tres horas de audio. Las primeras dos y media no tenían nada interesante. Sin embargo, mi antena se puso alerta cuando el último archivo comenzó a reproducirse. Correspondía a las tres menos cuarto de la madrugada de la primera noche que Ariadna pasó en la conferencia de Puerto Madryn.

Lloyd tenía una acalorada discusión con una mujer. Sucedía en otra habitación de la casa, demasiado lejos como para que yo pudiera entender lo que decían ni quién era ella.

La conversación fue subiendo de tono hasta que el diálogo se interrumpió de golpe. Tras un silencio largo, la mujer gritó una frase que sí logré entender.

«¿Dónde está, coño?».

Se abrió una puerta y unos pasos se acercaron acompañados de un sollozo. Un objeto cayó al suelo con un golpe seco y metálico. Le siguió un «mierda» y entonces ya no me quedaron dudas. Era Ariadna.

Me quedé helado. Yo mismo la había visto entrar a su alojamiento esa noche y al día siguiente a primera hora en la conferencia. Había ido a Gaiman en plena madrugada.

Los últimos sonidos de la grabación eran muy cercanos. Probablemente al agacharse a recoger lo que se le había caído, Ariadna había descubierto la grabadora y la despegó de la mesa. Y, después, fin del audio. Eso significaba que había accionado el interruptor para apagarla.

Eso era todo. No había ninguna conversación previa entre ellos que presagiara lo que iba a suceder.

Respiré hondo para intentar aflojar el nudo que tenía en el estómago. Todo indicaba que Ariadna había usado la conferencia en Puerto Madryn como coartada para volver de madrugada y torturar y matar a Cipriano Lloyd.

«¿Dónde está, coño?».

Y, tras no lograr su cometido, me había usado a mí para encontrar el manuscrito en la otra punta del mundo.

Sin embargo, ¿por qué Lloyd no había confesado a pesar de la tortura? ¿Por qué le faltaban los dedos de un solo pie? ¿Qué le provocó la muerte realmente? Y, sobre todo, ¿por qué no se había desgañitado gritando como un cerdo mientras lo mutilaban?

Levanté la vista de mi teléfono. Frente a mí, el edificio de la bolsa de Nueva York se mostraba silencioso. Allí dentro se decidía a cada segundo el futuro de millones de personas. Un número rojo podía causar diez mil despidos. Dentro de esa carcasa muda había suficiente poder como para hacer volar por los aires a miles de familias. Igual que dentro de la carcasa de la grabadora había el suficiente poder como para dinamitar todo lo que yo había creído acerca de Ariadna.

Con respecto a que Ariadna hubiera conservado la grabadora que la incriminaba, solo se me ocurría una explicación lógica: se necesitaba una contraseña para acceder al contenido del dispositivo y por ende ella no sabía qué estaba grabado. Quizá tenía planeado contratar a alguien para que violara el mecanismo de seguridad y acceder a los datos con la esperanza de averiguar dónde guardaba Lloyd el dichoso manuscrito. O quizá necesitaba saber si lo que había quedado registrado la inculpaba.

Dudas tenía muchas, pero la más grande con diferencia era, muy a mi pesar, si lo que había pasado entre nosotros tenía un ápice de genuino.

48

Volví al hotel entrada la tarde, decidido a exigirle que me dijera la verdad. La puerta de la habitación estaba abierta y dentro había una mujer de la edad de mi madre vestida con un uniforme azul pastel. Sus manos, enfundadas en guantes de goma, sostenían una botella de desinfectante.

—Disculpe. ¿Qué hace? —pregunté—. Esta es mi habitación.

La mujer consultó una tablet.

—Creo que hay un error, señor. La habitación está desocupada.

Me asomé para echar un vistazo. La cama estaba pulcramente hecha y no había un solo objeto personal a la vista, ni de Ariadna ni mío. Todo estaba listo para el siguiente huésped.

—Quedó libre esta mañana, por eso me mandaron a hacerla.

Corrí hasta el ascensor y apreté el botón un montón de veces, como si eso fuera a hacer que se moviera más rápido. En la planta baja hablé con el conserje.

—Disculpe, me estoy alojando en la habitación 916, pero ahora está vacía. Faltan mis cosas y las de mi pareja.

—Con gusto lo miro, señor.

Tras unos segundos tecleando, el hombre negó con la cabeza.

—Ariadna Lafont ha hecho el *check-out* esta mañana. Hay una nota diciendo que usted pasaría a recoger sus cosas. Las tenemos guardadas en las taquillas de equipaje.

Consulté el teléfono. No tenía ningún mensaje de ella.

—¿Ha dejado algún recado para mí?

—En el sistema no figura nada más, me temo.

—Gracias.

—Por cierto, Ariadna Lafont ha pagado la habitación hasta el día de hoy. Será un honor que usted siga alojándose con nosotros. Solo necesitamos un número de tarjeta de crédito.

—No hará falta. Si me da mi equipaje, me voy ahora mismo.

—Sin problemas. Sígame, por favor.

El cuarto en el que estaba guardada mi maleta era una especie de transición entre el orden que veían los clientes y la trastienda de los empleados. Un poco como ese punto en las escaleras de un centro comercial a mitad de camino entre las tiendas y el aparcamiento.

Pegado a mi maleta con cinta adhesiva había un sobre. Dentro encontré una carta escrita con la letra de Ariadna.

Santiago:

Cuando leas esto, ya sabrás la verdad. Ojalá hubiera una forma de justificarme, pero no la hay.

En cuanto al manuscrito, acepta que has perdido y olvídate de él. Y también de mí. Fue maravilloso conocerte, pero nuestra historia acaba aquí.

ARIADNA

La nota destrozó cualquier posibilidad de que todo tuviera una explicación en la que Ariadna fuese inocente. No solo me daba a entender que había asesinado al hombre, sino que también me dejaba sin la mitad del dinero de la venta del manuscrito.

Además de la nota, el sobre contenía la grabadora USB. Con eso me dejaba claro que había descubierto el intercambio. Probablemente oyó el ruido del neceser al caer o la puso en alerta descubrir los envases de maquillaje rajados. Con lo inteligente que era, incluso pudo haber enchufado la grabadora a su ordenador y comprobado que yo la había intercambiado por una vacía. Por más que los archivos estaban encriptados y solo podían abrirse con la contraseña, la cantidad y el peso de cada fichero eran visibles de manera abierta.

Volví a llamarla, pero no me atendió. Le envié un mensaje, pero el simbolito junto a mis palabras solo mostró un tic. Quizá ya estaba en un avión. O me había bloqueado.

Salí del hotel arrastrando mi maleta. La detestaba por usarme y traicionarme. Y me detestaba a mí mismo por seguir pensando, a pesar de todo, en la noche dulce que habíamos pasado juntos.

49

Volví a Barcelona dos días después. El dinero que me habían pagado las Lafont se me había escurrido de los dedos como arena en el desierto del principito. Aunque ya no le debía sueldos atrasados a Marcela y estaba al día con mi alquiler, el futuro no era nada prometedor. Lo más interesante que había en el horizonte era un panadero que sospechaba que su mujer lo engañaba y esa misma mañana me había ofrecido pagarme una parte en efectivo y la otra en especies.

Cuando sonó el timbre de mi despacho, por un instante ínfimo pensé que quizá sería un cliente. O quizá Ariadna. Pero rápidamente recordé que las personas a las que estaba esperando no tenían nada que ver con trabajo.

La primera en entrar fue mi sobrina Eva.

—Mira, tío, tengo gafas nuevas —me dijo.

—Te quedan preciosas, mi amor.

Le di todos los besos que pude hasta que se zafó de mí y se fue rápidamente a practicar su actividad favorita dentro de mi oficina: dar vueltas a toda pastilla sentada en la silla de mi escritorio.

Cuando alcé la vista, mi hermana estaba en el umbral meciendo a los gemelos en el cochecito doble.

—Muchas gracias por quedarte con Eva —me dijo—. Antonio tenía una entrevista de trabajo.

—Qué bien, ¿no?

Mi hermana me respondió con un gesto resignado.

—Lleva varias este mes, pero nada.

—Algo va a aparecer. Y, si no, yo te voy a ayudar.

Romi me miró como si acabara de insultarla. Dio dos pasos hacia mí y me habló en voz baja para que no lo oyera Eva.

—Ah, ¿sí? ¿Cómo me vas a ayudar si estás más seco que nosotros? ¿Me vas a volver a dejar a cargo de mamá para irte a buscar la isla del tesoro y regresar con las manos vacías?

—Al menos nos sirvió para pagarle a Marcela y cancelar algunas deudas, ¿no?

A juzgar por la forma en la que me miró, no debería haber dicho eso. Ni ninguna otra cosa. Mi hermana a veces se ponía en modo bélico e interpretaba cualquier palabra como un ataque.

—Santiago, no puedes imaginarte lo que han sido estas semanas. Es que no lo sabes ni lo puedes saber. No habrías durado un día en mi lugar. ¿No tenías un contrato? ¿No te correspondía la mitad de un manuscrito millonario?

Ante sus propias palabras, sonrió con amargura.

—Ya te dije que me estafaron, Romi. ¿Qué voy a hacer?

—Nada, igual que las otras veces. Dejar que el mundo nos cague encima. Al fin y al cabo, ¿qué es una mierda más en el palo de un gallinero?

—El primo de mi compañero Aran tiene gallinas y dice que huelen fatal —intervino mi sobrina.

Romi y yo sonreímos. Me pregunté, con cierto dolor, si Eva había dicho aquello consciente de que pondría un paño frío en la discusión.

Me acerqué a ella y la levanté en el aire.

—Uy, cómo creces, por favor. En cualquier momento me levantas tú a mí.

Mi hermana se despidió de su hija y después me dio un beso con un movimiento mecánico. Decidí que dedicaría los próximos días a limar asperezas. Y a la vez me daría tiempo para pensar en qué pasos dar con respecto al manuscrito. Desde luego, no iba a quedarme de brazos cruzados.

—¿Qué haremos esta tarde, tío? —me preguntó Eva cuando nos quedamos solos.

—¿Qué te parece si componemos una canción para mamá y se la cantamos cuando vuelva?

—¡Me encanta!

—Muy bien. Piensa sobre qué quieres que vaya la canción mientras voy a buscar la guitarra.

Cuando regresé con el instrumento, Eva me miraba con la expresión de quien esconde algo y no puede aguantar para mostrarlo.

—Ya sé de qué va a ir la canción.

—¿De qué?

—De la esperanza.

—¿Esperanza en qué?

—En la vida. En que todo va a ir mejor. Que los gemelos la dejarán dormir por la noche. Que papá conseguirá trabajo. Que la abuela se curará.

Abracé a Eva y le llené la cara de besos.

—¿Estás segura de que tienes ocho años tú?

—Casi nueve en realidad.

—Ah, con razón.

—También podemos poner en la canción que tú encontrarás la Antártida.

—¿La Antártida?

—Eso le oí decir a mamá. Que te habías ido a buscar la Antártida.

50

Bajé del tranvía en la parada de María Cristina y subí por la avenida de Pedralbes para adentrarme en uno de los barrios más ricos de Barcelona. A medida que avanzaba, las calles se hacían más anchas y arboladas, el valor de los coches se multiplicaba y la poca gente que se movía a pie vestía uniforme de servicio.

La casa de Rebeca Lafont, grande, antigua y rodeada de un gran jardín, estaba ubicada a apenas veinte metros de la Puerta del Dragón, una de las obras menos famosas de Gaudí y de las que a mí más me fascinaban. Me senté en un bar a hacer lo que mejor se me daba en mi profesión: esperar.

Dos horas se dice pronto, pero es aburridísimo esperar dos horas. Eso fue lo que tardó en aparecer un coche negro de vidrios oscuros y detenerse frente a la puerta. Del interior de la vivienda salió la madre de Ariadna enfundada en un traje azul que le daba un aire de ejecutiva bancaria y se metió al vehículo.

Crucé la calle en dirección a ella.

—Rebeca.

La ventanilla oscura bajó hasta la mitad.

—Sotomayor, ¿qué hace aquí?

—Necesito hablar con Ariadna. Es muy importante.

—Llámela por teléfono.

—Si atendiera mis llamadas, no estaría aquí. Además, es necesario que sea en persona.

—Entonces tiene usted muy mala suerte. Ariadna no está en Barcelona.

—¿Podría decirme dónde está?

—Por supuesto que no.

—¿Puede al menos entregarle un mensaje de mi parte?

—No veo qué sentido tendría eso. Si mi hija no le atiende el teléfono será justamente porque no quiere recibir mensajes suyos.

—Es que ella y yo tenemos que hablar.

La mujer levantó un índice.

—Usted tendrá que hablar. Es evidente que ella no tiene ninguna intención de hacerlo. Cuando mi hija quiere hacer algo, no la para nadie. Eso usted ya lo sabe.

La sonrisa con la que acompañó la última frase reafirmó mis sospechas de que Rebeca siempre había estado al tanto de todo y que había sido ella quien le había dado el dinero a Ariadna para que me contratara.

—A ver, no me gusta ir con rodeos, así que se lo voy a decir muy claro para que lo entienda: si mi hija no quiere verlo, será por algo. Y ya sabe lo que soy capaz de hacer cuando alguien se mete con mi familia. Así que si ella lo quiere lejos, manténgase lejos. ¿Está claro?

El vidrio negro de la ventanilla subió hasta que faltaron dos dedos para cerrarse por completo.

—Míreme a los ojos y dígame que está claro.

—Está claro —dije.

—Estupendo entonces. Que tenga buen día.

La ventanilla se cerró y el coche se alejó de mí por la avenida de Pedralbes.

51

Los seis días que siguieron a mi charla con Rebeca Lafont discurrieron sin pena ni gloria. Algún potencial cliente pidiendo un presupuesto para un trabajo pequeño y el fantasma de nuevas deudas acercándose cada vez más.

El sexto día, igual que todos los anteriores, me encontraba en mi oficina debatiéndome entre perder el tiempo en las redes sociales y volver a mirar la hoja de cálculos con mis finanzas.

Preferí lo primero. Con ambas opciones terminabas amargado, pero por lo menos con las redes veías algo distinto cada vez. Los números rojos, en cambio, eran siempre los mismos.

Como ya era costumbre, entre vídeos de gatitos y memes me apareció la cara de Jane Winterhall. Por supuesto que, después de nuestro encuentro en Bevin House, la australiana había desactivado el rastreador que le había hecho instalar en el teléfono. Sin embargo, ahora que no tenía motivo para disimular su ubicación, volvía a colgar fotos a razón de varias por día: desayunando, haciendo ejercicio, yendo a un concierto, en el concierto, volviendo del concierto. Aquella mujer seguía empeñada en publicar cada momento de su vida.

Como digo, ya era costumbre que aparecieran sus fotos en mi teléfono. Sin embargo, la que vi aquella mañana me llamó de manera poderosa la atención porque posaba frente a uno de los sitios más emblemáticos de Barcelona: la puerta de entrada al Camp Nou.

Me pareció curioso que estuviera en la ciudad. Ojalá hubiese venido para arrebatarle el manuscrito a Ariadna. Pero no me hacía ilusiones. Al fin y al cabo, Barcelona era una de las ciudades con más turistas del mundo. Lo verdaderamente raro habría sido verla frente al estadio del Badajoz o del Celta de Vigo.

Estaba a punto de dejar atrás la publicación cuando noté algo. Detrás de ella había un cristal con las caras de los jugadores del Barça y en el reflejo se intuía la persona que había hecho la foto. Era una mujer esbelta con una cabellera rojo fuego.

Ariadna Lafont.

¿Qué hacían Jane Winterhall y Ariadna Lafont juntas después de lo que había pasado en Nueva York? No había que ser un genio para entender que a esas dos mujeres solo podía unirlas un manuscrito del cual a mí me correspondía la mitad.

Habían publicado la foto hacía dos horas. Era poco probable que todavía siguieran allí. Con suerte, Winterhall pronto volvería a publicar.

Pasé el resto del día actualizando cada cinco minutos el perfil de la australiana. A la mañana siguiente, entre sorbo y sorbo de café, un chorro de dopamina me sacudió el cerebro al ver que acababa de publicar una nueva foto.

Winterhall sonreía ante un café con leche y dos cruasanes. Estaba en un patio lleno de árboles, de espaldas a una pared de piedra con aberturas tan grandes que resultaba imposible no reconocer para cualquier barcelonés que prestara el mínimo de atención. Salí corriendo de mi casa.

Me bajé del taxi en una avenida tranquila y arbolada que podría haber pertenecido a uno de los barrios residenciales de la ciudad. Sin embargo, me encontraba a cien metros de Las Ramblas, donde un eterno reguero de turistas subía y bajaba como hormigas desde la plaza de Catalunya hasta la estatua de Colón. Cien metros entre el caos y la paz absoluta. Al final, somos como ovejas y no nos separamos mucho del rebaño.

El café del Museo Marítimo era uno de mis sitios favoritos en la ciudad. No solo por ser una isla de tranquilidad en un océano de gente, sino porque el edificio en sí era majestuoso: las paredes de piedra terminaban en un techo altísimo; las arcadas eran tan grandes que cabía por ellas un barco, literalmente. Durante siglos había albergado las Atarazanas Reales de Barcelona.

En el patio, debajo de un naranjo, Jane Winterhall estaba ensimismada en su teléfono.

—¿Te tomas otro conmigo? —le pregunté, señalando la taza vacía.

Cuando levantó la vista de la pantalla, vi en sus ojos una expresión de desprecio que se apresuró a disimular.

—¡Santiago, qué casualidad!

—Enorme. No vengo mucho por aquí y hoy justo se me ocurre entrar. ¿Qué haces en Barcelona?

—Ya te imaginarás. Trabajo.

—¿Estás buscando comprador para el manuscrito de la Patagonia?

—¿Perdón? Me lo robaste, ¿ya no te acuerdas?

—Que no lo tengas no te impide venderlo.

—¿Qué quieres?

—Que me digas la verdad. ¿Qué hacías ayer con Ariadna?

—¿Continúas siguiéndome?

Señalé su teléfono.

—No hace falta seguirte, Jane. En la foto de ayer en el Camp Nou se ve el reflejo de Ariadna Lafont.

Winterhall se levantó de la silla y puso un billete de cinco euros sobre la mesa.

—No tengo que darte ninguna explicación, así que déjame en paz.

La australiana enfiló hacia la puerta lateral por la que yo había entrado.

—Espera —dije, yendo detrás de ella—. Quiero proponerte algo. Creo que te va a interesar mucho.

Nos detuvimos junto a un submarino de madera.

—Te escucho.

—Antes de hacerlo, sácame de una duda. ¿Cómo supiste que el manuscrito estaba en las cajas fuertes del Touring en Trelew? Evidentemente, lo que nos contaste en Nueva York es mentira.

—¿En serio me hace esta pregunta un investigador privado? Seguí a Lloyd durante días. Una tarde se metió al famoso hotel Touring. Cualquiera que haya leído algo sobre los pasos de Saint-Exupéry en la Patagonia sabe que se alojaba en ese hotel cuando tenía que hacer noche en Trelew. Y cuando vi que Lloyd hablaba con el dueño y se metían por una puerta detrás de la barra para salir a los cinco minutos, supe que ahí estaba la respuesta.

Sonreí. Jane Winterhall había hecho exactamente lo que habría hecho yo de no ser porque Lloyd me conocía y no pude entrar en el bar detrás de él.

—Mi profesión por momentos no dista mucho de la tuya —me dijo—. ¿Cuál era esa propuesta que ibas a hacerme?

—Ariadna me traicionó. La mitad de la venta de ese manuscrito me correspondía a mí. Asóciate conmigo y te ofrezco el cincuenta por ciento.

La cara de Winterhall se iluminó con una sonrisa. Pero no era una sonrisa de alegría, sino de condescendencia.

—El cincuenta por ciento de nada es nada. Y tú, Santiago, no tienes nada.

—La mitad del valor de venta seguro que es mucho más de lo que te ofrece Ariadna. Solo tienes que ayudarme a recuperarlo.

Su reacción esta vez fue directamente una carcajada.

—¿Recuperarlo? Para eso tendría que haber sido tuyo alguna vez.

Winterhall me anunció que nuestra conversación había terminado y se alejó de mí con su andar de vedete.

Masticando rabia, abandoné el Museo Marítimo por otra de las entradas. No quería quedarme allí y asociar ese mal momento a uno de mis lugares favoritos.

Caminé hacia Las Ramblas esquivando turistas. Cuanto más pensaba, más me convencía de que la única forma de hacer justicia era recuperando el manuscrito por mi cuenta. Teníamos un trato y Ariadna lo había traicionado. Me había robado y yo le robaría a una ladrona. Los cien años de perdón, la vida se los podía meter por donde quisiera.

52

Veinticuatro horas más tarde, caminaba por la calle Arc del Teatre. Considerando adónde me dirigía, era difícil ir por esa parte de la ciudad y no pensar en el Cementerio de los Libros Olvidados. Sin embargo, a diferencia de la mítica biblioteca secreta de la novela de Ruiz Zafón, la que yo estaba a punto de visitar no era ni muy grande ni estaba muy escondida.

La oficina de Artur Caballé se parecía más al despacho de un abogado que al de un librero. Al verme entrar, Caballé se levantó de la silla y abrió los brazos para saludarme. Vestía, como todas las veces que lo había visto, de manera informal pero con ropa de calidad: polo con cocodrilo, zapatos náuticos y un pantalón claro que le daba aspecto de jubilado jugador de golf.

—¡Sotomayor! Qué sorpresa verlo por aquí.

Nos dimos un abrazo que podría ser confundido con el de dos amigos que hace tiempo que no se ven. Saber los secretos más profundos de una persona genera una especie de complicidad. Muchas veces mis clientes se sienten aliviados tras contratarme, porque han podido hablar por primera vez en mucho tiempo con alguien del tema que los preocupa.

Artur Caballé había sido uno de esos clientes. Había enviudado al año de adoptar a Marina, una bebé de seis meses.

Cuando la niña se hizo adolescente, se obsesionó con conocer a su madre biológica. Después de que Caballé lo intentara todo para convencerla de que esa mujer no tenía ninguna relevancia en la historia de su vida, me contrató para que la encontrara.

—La vida da muchas vueltas. ¿Qué tal está, Caballé?

—Pues muy bien.

—¿Marina? —pregunté con cierto miedo.

Cuando di con la madre biológica, me dolió darle la noticia al hombre. Supongo que como le duele a un médico principiante comunicar la muerte de un familiar.

—Preciosa. Este año termina la carrera de Medicina y el año que viene empieza la residencia. Quiere ser psiquiatra.

—No le va a faltar trabajo —dije, señalando la ventana que daba a la calle.

Había encontrado a Amanda Querol, que así se llamaba la mujer que había dado a luz a Marina, pululando por el Raval, no muy lejos de la oficina donde estábamos ahora. El panorama era desolador. Querol pasaba sus días prostituyéndose, robando o haciendo lo que hiciera falta para conseguir una raya más de cocaína.

Hasta ahí llegó mi trabajo. Caballé me pagó y nunca supe qué hizo con la información que le di.

—Antes de que me cuente a qué ha venido, déjeme que le diga algo. No sabe lo agradecido que estoy con usted.

Aquello me pilló por sorpresa.

—¿Agradecido?

—Seguramente usted, igual que yo, creyese que para Marina sería un golpe durísimo conocer a esa mujer en el estado en el que se hallaba cuando la encontró. Sin embargo, sucedió algo extraño. Quedamos los tres en un bar. La mujer llegó drogada y nada más sentarse pidió una cerveza que se bebió como si acabase de cruzar el desierto. Marina odia el alcohol.

Caballé miró por la ventana.

—La mujer no lloró al verla ni le dijo que se hubiera arrepentido. Estaba tan mal, pobre señora, que tengo mis dudas de que recordase el encuentro al día siguiente. Marina le hizo tres o cuatro preguntas y a todas respondió con que no había venido a este mundo para ser madre.

Caballé me dio una palmada en el hombro y me ofreció una sonrisa.

—Ese encuentro fue mano de santo, Sotomayor. A partir de ese día algo hizo clic en la cabeza de Marina. Empezó a estar en paz con la idea de que el rol de esa mujer había sido parirla y nada más. Que yo sepa, no quedó nunca más con ella. Mi hija volvió a ser la que era antes de que todo esto la atormentara. Y eso no habría sido posible si no hubiese sido por usted.

—Me alegra que a su hija le haya servido. Y me sorprende, para serle sincero.

—Bueno, no sigamos por ahí porque me voy a terminar emocionando, Sotomayor. Y yo soy de la vieja escuela. Los hombres no lloran y todo eso. ¿Qué lo trae por aquí?

—Antoine de Saint-Exupéry —dije.

Puse fotografías de las primeras diez páginas del manuscrito de la Patagonia y el hombre las examinó con entusiasmo durante largos minutos.

—Qué interesante. Parece una de sus famosas libretas en las que apuntaba de todo. Si no me equivoco, reconozco pasajes de *Vuelo nocturno*.

—Eso mismo tengo entendido yo.

—Vendí un manuscrito de Saint-Exupéry en los años ochenta. Pero nada como este. Era apenas una página. Estoy seguro de que la caligrafía es suya. De todos modos, hoy por hoy es muy fácil contrastarlo. Los originales de la mayoría de sus trabajos están disponibles en formato digital.

Eso me constaba. Yo mismo había consultado los manuscritos de *Tierra de los hombres* y de *El principito* desde la comodidad de mi sofá.

—Me gustaría utilizar sus servicios para ponerlo a la venta.

—Será un placer. Debería examinar el original.

—Verá, señor Caballé, hay un pequeño inconveniente. No dispondré de él hasta dentro de unas semanas, porque está todavía en Argentina.

—En ese caso, volvamos a hablar cuando esté en su poder.

—No puedo esperar. Necesito empezar ya mismo para ganar tiempo.

—Así no es como se trabaja en este negocio.

—Eso mismo decían los videoclubes y mire cómo les fue.

—¿Qué me está queriendo decir?

—Que hay otros marchantes que estarían dispuestos a comenzar a trabajar ya.

—Dudo que ninguno tenga mi reputación.

—Con todo respeto, señor Caballé, a mí más que su reputación me interesa la cantidad de euros que puede conseguirme en la venta.

—Veo que entiende poco de este negocio.

—No entiendo nada en absoluto. Pero a veces es necesario que entre aire nuevo a una industria, porque, si no, empieza a oler a rancio.

El hombre pasó la mano por su lujoso escritorio y dio un suspiro.

—¿Qué sugiere exactamente?

—Puedo dejarle la parte del manuscrito que está digitalizada —dije, señalando los papeles—. Usted lo evalúa, le pone un precio y comienza a moverlo para encontrar un comprador.

—¿Qué parte está digitalizada?

—El primer cincuenta por ciento —dije, exagerando al alza.

—O sea, que quiere que tase un documento viendo solo la mitad.

—Peor sería un cuarto.

Me divertía la charla con Caballé. Cuando un experto se encuentra con alguien que sabe poco, puede mostrar su erudición. Pero cuando se topa con alguien que no sabe absolutamente nada, desespera.

—Si la vida me ha enseñado algo es que todo se puede negociar, señor Caballé. Los famosos «estándares de la industria» no son más que palabras detrás de las que escudarse para seguir haciendo las cosas de la manera más fácil.

El hombre asintió.

—Lo entiendo, pero no puedo ayudarlo.

Mostré las palmas de las manos en señal de paz.

—Muy bien. No quiero ponerlo en una posición incómoda.

Me levanté de la silla, estreché su mano y me dirigí hacia la puerta.

—«Solo se ve bien con el corazón» —dije antes de abrirla.

—Es cierto. Y el corazón me dice que es mejor dejar pasar lo que usted me plantea, señor Sotomayor. Cuánta verdad hay en *El principito*.

—Tengo pendiente leerlo, si le soy sincero —mentí.

—Sin embargo, esa frase…

—No hace falta haber leído el libro para conocerla. Por cierto, está en el manuscrito.

Caballé abrió los ojos hasta ponerlos completamente redondos.

—¿En ese manuscrito está la frase «solo se ve bien con el corazón»?

—*On ne voit bien qu'avec le coeur* —dije, repitiendo las palabras que traía ensayadas de casa—. Ah, y también está eso de que «lo esencial es invisible a los ojos».

Incluso debajo de las carnes rollizas, intuí que los músculos de Caballé se tensaban. Como un bóxer que se acaba de dar cuenta de que su dueño le va a tirar una pelota.

—Creía que el manuscrito era de 1930 y que tenía pasajes de *Vuelo nocturno*.

—Lo es y los tiene.

—Pero esa frase que usted acaba de pronunciar, Saint-Exupéry la escribió una década después.

—Yo no estaría tan seguro.

—¿Quiere decirme que hay pasajes de *El principito* en esa libreta?

—Creo que sí. Y también dibujos. Pero eso esperaba que me lo confirmara un experto. Y como usted es el mejor en toda la ciudad…

—Envíeme todo lo que tenga por correo electrónico.

—¿No me acaba de decir que no es así como trabaja?

—Si lo que afirma es cierto, estamos ante algo extraordinario. Y lo extraordinario, por definición, merece un trato especial.

53

Volví a ver a Caballé tres días después. Me citó en Els Quatre Gats, un bar en una esquina del centro de Barcelona que en otro tiempo solían frecuentar artistas como Picasso o Gaudí. Ahora tenía la carta traducida al inglés.

—No me lo imaginaba en este bar —le dije sorprendido nada más verlo.

—Perdió el encanto que tuvo en su momento, pero no deja de ser un templo del arte. Además, me niego a agachar la cabeza y dejar que el turismo me siga robando rincones de mi propia ciudad.

—Encomiable.

Los precios de la carta ratificaron mi cumplido. Caballé estaba verdaderamente comprometido con la causa. Pedí un café solo.

—Señor Sotomayor, he examinado a fondo las ochenta y una páginas que me envió.

—¿Y?

—En efecto, ese manuscrito no solo es el precursor de *Vuelo nocturno*, sino que también hay en él esbozos y algunos pasajes que luego terminaron en *El principito*, incluyendo la célebre frase «lo esencial es invisible a los ojos».

De un maletín anacrónico sacó hojas en las que había impreso cada una de las páginas que yo le había enviado.

—Hay mucho interés —prosiguió—. Los potenciales compradores no paran de preguntarme por el precio. Algunos hasta han hecho ofertas.

—¿De cuánto?

—Quinientos mil, la más alta. Aunque creo que podríamos sacarle mucho más. ¿Cuándo tendremos el original en Barcelona?

—En una semana —mentí—. ¿Podría enviarme una lista de las personas interesadas?

—¿Para qué quiere eso?

—Por curiosidad.

El hombre lo meditó un instante y sacó del maletín una carpeta con dos páginas impresas.

—Me he tomado la libertad de preparar un contrato en el que usted me otorga el derecho a encargarme de la venta. Si lo firmamos, no veo problema en darle la lista de interesados.

Por suerte, el texto estaba redactado de manera muy comprensible y solo eran dos carillas.

—¿Dieciséis por ciento de comisión? —pregunté al terminar de leer.

—Sé lo que está pensando. Que usted ha hecho todo el trabajo y yo me llevo el dieciséis por ciento. Pero la pregunta que debería hacerse es si, vendiendo conmigo, obtendrá un monto mayor que haciéndolo por su cuenta. Y le aseguro que así será.

—Podría recurrir a otro marchante.

—Por supuesto. Pero no tendrá con él la confianza que tiene conmigo. Mire, hagamos una cosa, si quiere ponemos en el contrato que usted se reserva el derecho de aceptar la oferta de otro marchante si es por un monto mayor.

—En ese caso, no veo problema.

Caballé hizo una llamada y diez minutos más tarde un muchacho joven entró al bar y nos dejó dos copias de la nueva versión del contrato. El hombre las firmó y me las entregó a mí.

Cuando terminé de leer, Caballé me ofreció un bolígrafo.

—¿Me permite que le dé un consejo de índole personal, Sotomayor?

—Si es gratis, adelante.

El hombre sonrió, como si yo acabara de decir las palabras justas.

—La mayoría de mis clientes son coleccionistas que en algún momento de su vida se ven en apuros y necesitan vender. O herederos que, tras la muerte del familiar, buscan sacar el mejor partido a lo que les toca. Alguien como usted, en cambio, aparece muy de vez en cuando.

—¿Alguien como yo?

—Me refiero a una persona que encontró un manuscrito muy valioso en un lugar inesperado. Alguien de clase media, si me permite la expresión, totalmente ajeno al mundo en el que yo me muevo. Y la mayoría tiene algo en común.

—¿La urgencia por el dinero?

—Casi, pero no exactamente. Ven el mundo desde el punto de vista de la escasez en vez de la abundancia. Perciben mi comisión como dinero que pierden. En cambio, los que vienen de familias de mejor posición la ven como una inversión que les retorna muy buenos dividendos. ¿Qué prefiere? ¿Vender el manuscrito por seiscientos mil euros y que sea todo para usted o venderlo por un millón y que yo me lleve el dieciséis por ciento?

En cierta medida, entendía perfectamente lo que me estaba diciendo. Muchos de mis clientes también tenían esa mentalidad de pobre. Solo recurrían a mí después de intentar hacer la investigación por su cuenta y fracasar. Recién entonces se les ocurría contratar a un profesional.

Firmé las dos copias del contrato y le entregué una a Caballé.

—No se va a arrepentir —dijo el marchante.

—Espero que no. Ahora, si me puede hacer llegar esa lista.

—Lo haré en cuanto vuelva a la oficina. No sé qué quiere hacer con ella, pero no se olvide de lo que acaba de firmar.

—No se preocupe que usted no va a quedarse sin su parte. Además, ya me conoce.

El hombre hizo un gesto ambiguo. Una cosa era haberme contratado para encontrar a una mujer y otra muy distinta era poner en juego una suculenta comisión.

Antes de hablar, resopló.

—Me cae bien, Sotomayor. Y quiero creer que es una buena persona. Pero le advierto que, si intenta cualquier jugarreta, nos veremos en los tribunales. Y, con un contrato firmado, no tiene forma de ganar.

—Le prometo que no haré nada extraño.

Caballé zanjó el asunto con un gesto solemne.

—Hay otra cosa de la que quisiera hablarle —dijo.

—Usted dirá.

—Mi negocio lleva cinco generaciones en la familia. Mi tatarabuelo comenzó con una librería de usados en la calle Portaferrissa. —Hizo una pausa para mirar por la ventana hacia una de los cientos de estrechas callejuelas del Barrio Gótico—. Lo que quiero decirle es que, a base de casi un siglo de trabajo, mi apellido tiene una reputación que no estoy dispuesto a comprometer por nada del mundo, ¿me entiende? Es lo más valioso que tengo.

Vaya si lo entendía. Mi padre hablaba de la misma manera de la tienda de vinos que había heredado en Argentina.

—Lo comprendo. En mi rubro sucede lo mismo.

—Muy bien. Entonces a ver si usted me puede explicar esto.

Puso sobre la mesa una nueva hoja en la que se reproducía otra página con la letra de Saint-Exupéry.

—No me suena —dije, tras examinarla.

—No pertenece a su manuscrito.

—¿Qué quiere decir?

—Esta página pertenece al manuscrito de *Vuelo nocturno* que robaron de la Biblioteca Nacional, en París. ¿Está al tanto de la noticia?

—Sí.

—¿Cómo se enteró?

—El periódico —mentí.

—Mi negocio es totalmente legal, ¿entiende? Jamás en la vida vendí ni compré una pieza robada.

—¿Por qué me dice esto?

—Porque me parece demasiada casualidad que, de todos los rincones del mundo, los dos manuscritos de Saint-Exupéry que existen de ese libro terminen en Barcelona.

—¿El manuscrito de París está en Barcelona?

—Sí.

—¿Quién lo tiene?

—No lo sé. Pero están intentando venderlo.

—¿Cómo lo sabe? ¿De dónde salió esta foto?

—Se la hicieron llegar a un contacto que desea permanecer anónimo.

—Necesito que me diga quién es, por favor. Es muy importante.

—Y para mí es muy importante respetar el anonimato de esa persona.

—Al menos podrá decirme a santo de qué consiguió ese colaborador esta foto. ¿El ladrón del manuscrito de París está intentando venderlo?

—Mire, Sotomayor, estoy orgulloso de mi ética profesional, pero eso no quiere decir que sea un valor que abunde en el gremio. No he vendido ni venderé manuscritos de procedencia ilegal, pero tengo amigos, muy buenos amigos, que sí lo hacen. No me parece bien, pero tampoco soy juez. Vive y deja vivir, ¿me entiende?

—Perfectamente.

No necesitaba ser un experto para leer entrelíneas lo que estaba queriendo decirme. En Barcelona había alguien intentando vender el manuscrito de París en el mercado negro.

54

Después de la reunión con Caballé, caminé en dirección a Las Ramblas. Eran las tres de la tarde y estaban todo lo tranquilas que pueden estar. La ciudad parecía tomar aire para volver a la carga en cuanto comenzara a bajar el sol.

Fui al Barrio Gótico por la calle Ferrán. Me dolió ver que donde había estado uno de mis bares favoritos —un clásico a la hora de invitar a una chica a tomar algo— ahora había una sucursal de una franquicia de tacos. Lo que le faltaba a Barcelona: además de vender sombreros a los turistas, ahora les ofrecíamos comida mexicana.

Poco antes de llegar a la plaza de Sant Jaume, me metí por una pequeña reja de hierro entre un restaurante vasco y una tienda de ropa. El Pasaje del Crédito era otra de esas islas de calma en una ciudad inundada de gente.

Yo amaba esos pequeños reductos que, por algún motivo, habían logrado escapar a las masas. Cada vez que encontraba uno, me sentía como si hubiese dado con un tesoro.

El Pasaje del Crédito lo conformaban cincuenta metros que seguían siendo de los barceloneses. Eran pocos los guiris que iban allí para hacer una foto a los artesonados de madera de los accesos o para admirar la placa de mármol en la fachada de una casa que anunciaba que en ese lugar había nacido el pintor Joan Miró.

Lo recorrí hasta el extremo opuesto y entré en lo que en su momento había sido una antigua fábrica de cera. Transformada en restaurante, La Cerería era uno de los locales con más personalidad que conocía. Vegetariano, artesanal, cooperativo y decorado con instrumentos musicales hechos a mano en todos los rincones.

—¡Santi! Hacía mucho que no te veíamos —me saludó Felipe, uno de los socios.

—Ya sabes cómo es esto.

—¿Vienes a comer? La cocina todavía no ha cerrado.

—No, gracias. Me gustaría hablar con Samuel.

—Está arriba, en el taller.

Atravesé el pequeño local rozando mesas y comensales hasta llegar a una especie de aparador repleto de vidrio en el que se exponían guitarras y charangos. Detrás de un biombo de madera con carteles de conciertos de música latinoamericana, subí la vieja escalera de madera.

El primer piso era un ambiente diáfano del tamaño del pequeño restaurante. Me encontré a Samuel con la espalda encorvada sobre un trozo de madera al que daba forma con una gubia. En la mesa sobre la que trabajaba había partes de instrumentos sujetas con sargentos y todavía sin barnizar.

—¿Cómo está mi lutier favorito?

Samuel detuvo la herramienta. Al verme, una sonrisa blanca se enmarcó en su rostro andino de nariz aguileña, ojos achinados y pelo lacio. Nos saludamos con un abrazo.

—Santi, querido. ¿Cómo estás?

—Muy bien.

—¿Qué andas haciendo por acá?

A pesar de que llevaba en Barcelona más tiempo que yo, a Samuel Chambi no se le había endurecido una sola de esas eses bolivianas que sonaban como el viento en las hojas de los árboles. Tampoco había perdido el *acullico* de hojas de coca que le abultaba entre las mejillas y las encías.

—Trabajando —respondí—. Y veo que vos también, hermano.

—Yo siempre ocupado con alguna cosa. Ahora estoy con este charango. La semana pasada, un erke. ¿Qué haces acá, Santi?

—Necesito de tus habilidades.

—Me imagino que no te referirás a la gubia y al formón.

Hice un gesto hacia el otro lado de la habitación.

Samuel mascó un par de veces el bolo de coca con movimiento de rumiante. Después hizo rodar su silla hasta la pared opuesta del taller.

En su otro escritorio, las herramientas eran destornilladores pequeños, soldadores de estaño, un osciloscopio y un mar de placas electrónicas verdes y azules. Y en medio de toda aquella chatarra digital, un ordenador portátil con los signos de las teclas borrados por el uso.

—Veo que no renunciás a tu viejo Dell.

—¿Viejo? Tiene siete años. ¿En qué momento se fue tan a la mierda el mundo que un aparato que hace siete años era tecnología punta hoy es viejo?

—Hace bastante.

—¿Qué es lo más importante de una guitarra?

La pregunta me dejó descolocado.

—¿Que suene bien? —arriesgué.

—Exacto. El color de los trastes, el tono de la madera, la marquetería de la roseta son accesorios. Lo importante es que cuando toques un fa, suene un fa limpio, reverberante. Si esta computadora fuera una guitarra, sonaría como los dioses. Y si fuera un cuchillo, estaría muy afilado.

—Creo que lo que voy a pedirte tiene más que ver con la habilidad del músico que con el instrumento en sí.

Le mostré en mi teléfono la imagen del manuscrito de París.

—Este es un manuscrito del libro *Vuelo nocturno*, de Antoine de Saint-Exupéry.

—¿El autor de *Aukillu*?

—No me suena.

—*El principito*. Es que lo leímos en quechua en la escuela.

—Sí, el autor de *El principito*. Alguien está intentando vender el manuscrito en Barcelona. Necesito saber quién está detrás de esto.

No había que ser un genio para darse cuenta de que había una relación entre el robo del manuscrito de París y el de la Patagonia. Y aunque no sabía exactamente cuál era, no me quedaban dudas de que buscando uno estaba buscando, al menos indirectamente, también el otro.

Ante mi pedido, Samuel se rio con la boca tan abierta que pude ver la pelotita verde de hojas de coca en un costado de su boca.

—Te equivocaste de rubro. Soy lutier e informático, pero no adivino.

—Escuchá. Quien está intentando vender este manuscrito, seguramente esté haciendo algo para ponerse en contacto con posibles compradores. Pero es un manuscrito robado. No hay demasiados canales para vender objetos ilegales.

—¿Crees que pueden haber puesto un anuncio en la *dark web*?

—Eso espero que me lo puedas responder vos.

—Me estás pidiendo que te haga una guitarra partiendo de un cajón de manzanas.

—Te he visto hacer cosas más difíciles.

—¿Qué hay para mí en esto?

No me quedó más remedio que contarle toda la historia y prometerle un cuarto de los diez mil euros de recompensa y el cinco por ciento de la venta del manuscrito de la Patagonia.

—Envíame la foto y toda la información que tengas. Veré qué puedo hacer.

55

Al día siguiente, mientras comía una pizza calentada en el microondas de mi casa-oficina, me entró una llamada telefónica desde un número sin identificar.

—¿Sí?

—¿Con el señor Santiago Sotomayor? Llamo para cobrarle una deuda.

Era Samuel Chambi y, a juzgar por las risas que se echó al terminar de hablar, estaba de buen humor.

—Samuel, ¿encontraste algo?

—Estoy bien, por suerte. Gracias por preguntar. ¿Tú?

—Samuel, por favor, es muy importante.

—Claro, claro. En cambio, el bienestar del prójimo, no.

—No sabía que, además de *hacker* y lutier, eras maestro zen.

—Cómo eres, Santi. No me dejas brillar ni en mi mejor momento.

—Sigo esperando.

—Si hubiese sabido que iba a ser una charla tan aburrida, te mandaba un email. Bueno, te cuento, programé un *script* para que monitoreara los sitios de compraventa más conocidos de la *dark web*. No sé si has estado en alguno. *Silk Road* fue el más famoso hasta que el FBI lo cerró.

—No, nunca.

—Bueno, hay cientos y cientos donde se ofrecen drogas, armas, órganos, sicarios y hasta virginidades. También hay de fósiles, de obras de arte y de objetos en apariencia inocentes, pero que realmente provienen de robos o corrupción policial. Mi *script* encontró en uno de ellos un anuncio con la foto que buscabas.

—¿En serio?

—Sí. Se publicó hace tres días. El usuario se llama Antoine1944. Te acabo de enviar por email el *link*.

Encendí mi ordenador e hice clic en el enlace de Samuel. Se abrió una página web de aspecto aséptico, casi antiguo. Era un foro de compra y venta de artículos de lujo con una sección dedicada a libros y manuscritos.

El mensaje de Antoine1944 estaba entre los más recientes:

Manuscrito original de *Vuelo nocturno*, de Antoine de Saint-Exupéry. 168 páginas a cara simple. Tinta negra sobre papel. Manchas de vino y de café, agujero por cigarrillo en una página y pequeños desperfectos marginales. Precio mínimo de venta: 1.500.000 €. Escucho ofertas durante una semana y vendo al mejor postor.

La fotografía que acompañaba al anuncio era la misma que me había mostrado Caballé. No había dudas de que se trataba del manuscrito de París.

—¿Santiago? ¿Estás ahí?

—Sí. Muchas gracias, Samuel. Dame un rato y preparo un mensaje para que le respondas. ¿Te parece?

—Eso sería darte el pescado. Prefiero enseñarte a pescar.

A través de una breve videollamada, Samuel Chambi me enseñó a crearme una casilla de correo imposible de rastrear y a entrar al sitio de compraventa a través del navegador Tor, diseñado para acceder a internet de manera absolutamente anónima. Me habló de protocolos, de las capas de una cebolla y de una red de voluntarios que lo hacía posible. Lo importante es que me explicó cómo utilizar aquella página web sin que me rastrearan.

En cuanto cortamos, envié un mensaje al vendedor.

> Buenas tardes. Me interesa el manuscrito para sumar a mi colección. Necesito examinarlo junto con mi asesora. ¿Estaría disponible? Me encuentro en la ciudad de Sabadell, cerca de Barcelona, España.

Me inventé lo de Sabadell porque creí que le daría credibilidad a mi mensaje. También utilicé aposta la palabra «asesora», en femenino. Eso me lo había enseñado mi padre, que siempre amenazaba con hablar con su abogada. Sonaba menos a farol que decir abogado. Años después, cuando mi hermana me explicó lo que eran los micromachismos, entendí por qué la técnica funcionaba casi siempre.

Para mi sorpresa, la respuesta de Antoine1944 no tardó en llegar.

> Desde luego. Casualmente, el manuscrito está cerca de Barcelona. Podemos quedar en el bar del hotel Oriente mañana a las 18.00. Ponga un libro de Saint-Exupéry encima de la mesa para que yo pueda identificarlo.

56

El Oriente todavía conservaba la majestuosidad arquitectónica de principios del siglo xx. Mucho mármol, muchas flores en las molduras y altas columnas que se alzaban hacia una cúpula translúcida. El mostrador de la recepción y los espejos que tenía detrás recordaban de alguna manera al Touring de Trelew, aunque sin las paredes atiborradas de fotografías y recuerdos.

La decisión de Antoine1944 de quedar allí no era azarosa. En un lugar como Las Ramblas, lleno de gente, no había emboscada posible que tenderle. Desde los atentados de 2017, la vía más transitada de Barcelona estaba repleta de policías con y sin uniforme.

Yo conocía el hotel Oriente, gracias a esa etapa en la vida de cualquier inmigrante en la que encuentra fascinación al descubrir puentes entre la tierra vieja y la nueva. En ese hotel, Enrique Cadícamo había escrito el mítico tango *Anclao en París*, una oda al argentino que está lejos de su tierra y la añora. Según algunos, Cadícamo lo había compuesto a pedido de Carlos Gardel, que en aquel entonces pasaba un mal momento en la capital francesa.

Si hubiera querido ponerme místico y buscar señales del universo, las habría encontrado. Cadícamo y Saint-Exupéry habían nacido el mismo año, con dieciséis días de diferencia y en 1930, mientras uno componía *Anclao en París*, el otro trabajaba en el manuscrito de la Patagonia. Ambos lejos de su tierra, ocupados en sus pasiones y sin saber que estaban dejando un legado inmortal.

El bar estaba en un lado, casi escondido con respecto al vestíbulo. Me acerqué a la recepción arrastrando una pequeña maleta con rueditas.

—Bienvenido al Oriente —me dijo un chico que apenas superaba los veinte años.

—Muchas gracias. Estoy esperando a un amigo para hacer el *check-in* juntos. ¿Te importa si me siento?

—En absoluto. Donde usted quiera —respondió con una sonrisa entrenada.

Elegí un sofá desde el cual podía ver el bar. Además de una maleta llena de ropa sucia, mi disfraz de turista incluía camisa hawaiana y sombrero de cantante de salsa.

Me llevé el teléfono a la oreja.

—Te veo —dije.

Samuel Chambi asintió desde la mesa del bar a la que estaba sentado. Me había costado mucho convencerlo de que me hiciera este favor. Como para muchos *hackers*, el cara a cara no era su fuerte.

—¿Qué pasa si se da cuenta? —me preguntó por enésima vez.

A diferencia de mí, él no usaba un teléfono para comunicarse. Tenía un pequeño audífono en el oído y un micrófono escondido en una ropa mucho más elegante que sus eternas camisetas y vaqueros raídos. Llevaba un traje sin corbata que le daba un aire de exitoso hombre de negocios latinoamericano.

—Mientras no me mires cuando hables con él, no va a sospechar.

Sin tiempo a más preámbulos, vi que Samuel alzaba la vista. Un instante más tarde entró en mi campo de visión un hombre engominado de mediana edad.

—Buenas tardes, soy Antoine1944 —le dijo a Samuel.

—Encantado —respondió Samuel.

—¿Le parece bien que vayamos directamente al grano?

—Sí, por favor.

El hombre puso una carpeta sobre la mesa.

—Esta es una copia íntegra del manuscrito para que la examine al detalle.

A partir de ese momento, fui yo quien habló con el hombre usando a Samuel de títere.

—Creía que podría ver el original —dije, y Samuel lo repitió al instante.

—Como comprenderá, tiene demasiado valor para llevarlo encima.

—Y como usted comprenderá, no puedo hacerle una oferta si no lo veo en persona.

—Eso está claro. ¿Le importaría darme un minuto para que haga una llamada? Así me confirman cuándo podríamos mostrárselo.

—Adelante.

El hombre salió del hotel. En cuanto Samuel se quedó solo en la mesa, se giró hacia mí.

—¡No me mires!

Volvió a darme la espalda.

—Esto era esperable —dijo.

—Sí. Tiene pinta de que te van a citar en un lugar privado. No tenés por qué aceptar.

—¿Qué es lo peor que puede pasar?

—No sé, pero sos mi amigo y te tengo que cuidar.

—Por un siete por ciento, me arriesgo.

—Un cinco, querrás decir.

—Era un cinco en un lugar público. En uno privado es un diez, pero a ti te cobro un siete. Precio de amigo.

El hombre engominado volvió a la mesa.

—Vamos —dijo.

—¿Adónde?

—El original no está lejos de aquí. Podríamos mostrárselo ahora.

Samuel no dijo nada.

—Decile que sí. Después hablamos lo del porcentaje.

—No —me respondió Samuel.

—¿Perdón? —preguntó el hombre, confundido.

—Nada, perdone. Estaba pensando en voz alta.

—Está bien —dije—. Un siete.

—¿Y? —insistió su interlocutor.

—De acuerdo, vamos.

En cuanto se levantaron, los perdí de vista detrás de una pared. Caminé a toda velocidad hacia la salida.

—¡Señor! —dijo el conserje a mi espalda—. No puede dejar su equipaje ahí.

—Ya vengo —respondí, y salí por la puerta del hotel.

En Las Ramblas, el ruido del tráfico se sumaba a unas obras en el asfalto que hacían que la voz de Samuel fuera poco más que un murmullo. Me pareció entender palabras sueltas, pero nada con demasiado sentido.

Se metieron en la boca del metro de la estación Liceu. Corrí hacia allí y bajé las escaleras de dos en dos. Al llegar al pequeño vestíbulo, no estaban por ninguna parte. Por suerte, aquella era una de las únicas estaciones de la ciudad con entradas separadas para cada uno de los sentidos de los trenes. La boca en la que se habían metido era para ir en dirección a Zona Universitaria.

Oí el tren que se acercaba. Me apresuré a sacar mi tarjeta de viajes y meterla en la ranura, pero la máquina la escupió y una luz roja me avisó de que estaba agotada.

No tenía tiempo para comprar otra. Me colé detrás de una chica con tan mala suerte que en el andén había dos guardias de seguridad esperando con los brazos en jarra.

—Título de viaje, señor.

—No tengo, es una emergencia —dije, al oír el pitido que anunciaba que las puertas del tren estaban a punto de cerrarse.

Corrí hacia el convoy, pero uno de los guardias me sujetó por la muñeca.

—Tendrá que pagar una multa.

Agaché la cabeza. Antes de que pudiera responder, el tren ya había desaparecido de la estación.

57

Cuando sonó el teléfono, yo llevaba dos horas subiéndome por las paredes de mi casa-oficina. Si le pasaba algo a Samuel por mi culpa, no me lo iba a poder perdonar.

Vi su cara andina en la pantalla.

—Samuel, ¿estás bien?

—¿Qué clase de detective privado eres? ¿No se supone que sabes seguir a la gente?

—Tuve un inconveniente. Es largo de explicar.

—Lo mío, por suerte, es corto.

—¿Qué pasó?

—Nos bajamos en la estación María Cristina, en la Diagonal. Ahí nos estaba esperando un coche. Me dijeron que si quería que me llevaran al manuscrito, tendrían que vendarme los ojos.

—¿Descubrieron el auricular y el micrófono?

—No. Los tiré al bajar del metro, cuando me di cuenta de que te había perdido.

—Menos mal. ¿Dejaste que te vendaran?

—Por supuesto. No me iba a quedar con la duda.

Por un lado, quería decirle a Samuel que era un grande entre los grandes. Por otro, preguntarle cómo había sido tan inconsciente.

—El coche se movió por unos diez o quince minutos. Cuando paramos, estábamos dentro del garaje de una casa.

—¿Cómo era la casa?

—No lo sé.

—¿Y el garaje?

—Normal. Paredes blancas y muy ordenado. Tampoco lo pude mirar mucho, porque no me bajé del coche.

—¿Cómo? ¿No viste el manuscrito entonces?

—Si paras de hacer preguntas, terminamos antes.

—Perdoná. Contame.

—Cuando me quitaron la venda, había una mujer sentada a mi lado con un maletín sobre las piernas.

—¿Cómo era?

—Alta. Por la cara, le calculo unos cincuenta años, pero tenía un cuerpo como de mujer más joven. Morena, de ojos marrones y pelo castaño liso.

Sentí un escalofrío.

—¿Tenía una cicatriz en el mentón?

—Sí, una no muy grande.

Me froté los ojos, como si eso fuera a ayudarme a comprender lo que estaba pasando. ¿Qué tenía que ver Rebeca Lafont con el manuscrito de París?

—Fue al grano —prosiguió Samuel—. Abrió el maletín y lo puso sobre mi regazo. Me dijo que me tomara todo el tiempo que necesitara para examinarlo.

—¿Y qué hiciste?

—Miré cada página detenidamente, como si entendiera del tema. Las pasé para adelante, para atrás, señalé algunos tachones y asentí muchas veces con la cabeza. Creo que me creyó.

Respiré aliviado.

—¿De qué más hablaron?

—Nada más. Miré los papeles durante cinco minutos y le dije que los daba por auténticos. Me ofreció enviarme una copia digital, pero le respondí que no hacía falta, porque ya me la había descargado de la Biblioteca Nacional de Francia.

—¿Eso le dijiste?

—Por supuesto. Ningún comprador serio iba a ignorar que era un documento robado.

—¿Y te dejó ir sin más?

—Sí, claro. ¿Por qué no iba a hacerlo?

—No, no. Por nada. Samuel, te ganaste con creces tu comisión.

—No sé de qué comisión hablas si el manuscrito lo tiene ella.

—Sí, pero eso va a cambiar.

58

Cualquier ladrón sabe que las mejores casas son las que están vacías por muchos días. El segundo lugar se lo llevan las viviendas como la de Rebeca Lafont, que todas las noches trabajaba hasta que salía el sol moviendo los hilos de su imperio de discotecas.

Una visita de reconocimiento aquella tarde me bastó para notar la placa metálica roja y blanca que anunciaba la marca de la empresa de alarmas. Ocho horas más tarde, cuando el reloj daba las dos de la mañana, yo estaba a punto de comprobar si el modelo que había contratado Rebeca Lafont era con o sin baterías.

Corté los cables con unos alicates de mango aislante, especiales para trabajar con electricidad. El único acuse de recibo fue una tenue luz en el porche que se apagó al instante.

—Ahora —le dije por teléfono a Samuel.

—Ya está —me respondió.

No sabíamos si la empresa de alarmas notificaría a Lafont de un corte en el suministro eléctrico. Por eso, Samuel acababa de enviarle un mensaje, haciéndose pasar por la compañía de electricidad, avisándole que el servicio en su zona estaba sufriendo interrupciones debido a una avería en la que ya estaban trabajando para solucionar.

Quince minutos de ganzúas me permitieron franquear la puerta trasera. Respiré hondo. Si la alarma tenía batería, comenzaría a sonar un bip que me daría treinta segundos para desactivarla con un código que yo desconocía. Por lo tanto, treinta segundos para alejarme de ahí lo más rápido posible antes de que la sirena despertara a todo el barrio.

Di un paso hacia el interior de una gran cocina. Nada. Otro más. El silencio solo se interrumpía con el tictac de un reloj en alguna parte. Encendí una linterna y abrí puertas hasta dar con unas escaleras que iban hacia abajo.

—¿Es este el garaje? —le pregunté a Samuel, mostrándole la estancia por videollamada.

—Sí. Me acuerdo perfectamente de ese cuadro con herramientas.

Estaba en la casa correcta. Me despedí de mi amigo y me puse a registrar una a una las habitaciones. Había decenas. Descarté los baños, la cocina, el lavadero y el garaje. Cualquiera con dos dedos de frente habría guardado el manuscrito en un lugar alejado de la humedad.

En el sótano del Touring, Ariadna había mencionado que su madre tenía en casa una caja fuerte, y, según mi experiencia, casi todas están en un dormitorio.

Entré en una habitación conectada a un enorme vestidor lleno de ropa de mujer. En la mesita de noche había fotos de Ariadna de niña y adolescente. Allí dormía Rebeca Lafont.

Detrás de unos vestidos colgados de perchas encontré una pequeña puerta de madera. Al abrirla, quedó revelado el grueso frente metálico de una caja fuerte empotrada en la pared. No tenía rueda de combinación, sino únicamente un agujero de cerradura. Adiós a mi plan de esconder una cámara enfocando a la rueda para hacerme con la combinación.

Recordé la conversación con Ariadna y el dueño del Touring después de encontrar la caja fuerte vacía. Ella había dicho que algunas personas tendían a esconder la llave en el sitio más obvio, como debajo de un felpudo, de una maceta o dentro de una lámpara. Quizá no se había referido a personas en general, sino a su madre.

Palpé los bolsillos de los abrigos colgados. Encontré una llave en uno de ellos, pero ni siquiera tenía la forma correcta para la cerradura.

Cerré los ojos y reproduje en mi cabeza aquella conversación en Trelew. «Hay mucha gente que, cuando tiene que esconder una llave, lo hace en el sitio más obvio», había dicho palabra por palabra. Y, con un gesto, había señalado el pescado colgado en la pared.

No, no había sido así.

Había señalado la pared, pero ya no estábamos en la oficina del dueño. ¿Quizá se refería a otra pared?

En el vestidor, había pocas a la vista. Los estantes iban del suelo al techo en tres de ellas, y la cuarta estaba cubierta casi por completo por un espejo. En el poco trozo que quedaba a la vista no había cuadros, adornos ni mucho menos pescados disecados. Apenas dos luces discretas a la altura de mi cabeza que proyectaban conos de luz hacia arriba y hacia abajo.

El techo era un panel completamente liso y blanco que no podía albergar ningún escondite posible. Sin embargo, algo me llamó la atención. El semicírculo que proyectaba una de las luces era imperfecto. Parecía una galleta mordida.

Apagué la luz para que el foco no me deslumbrara e iluminé el interior de la lámpara con mi linterna.

Ahí estaba. Una pequeña llave de acero.

59

El sonido del mecanismo cediendo ante las vueltas de llave fue música para mis oídos. Dentro de la caja fuerte había varios fajos de billetes de cien y doscientos euros en uno de los estantes y un maletín de cuero en el otro. A pesar de que mis finanzas necesitaban efectivo de manera urgente, una cosa era recuperar el manuscrito que me correspondía con justa razón, y otra muy distinta, robar dinero.

Me senté en el suelo y abrí el maletín. Allí estaba el manuscrito de París. Rebeca Lafont se las había ingeniado para robarlo de la Biblioteca Nacional y ahora quería venderlo. Me pregunté qué pensaría su hija si supiera de aquello.

Debajo del manuscrito de París había una caja de cartón del tamaño de un libro. Dentro encontré una pila de páginas, cada una protegida por una funda de plástico transparente. Me bastó una ojeada a la primera para saber que tenía en mis manos el mismo manuscrito que Ariadna había abierto sobre la cama en el hotel de Nueva York.

¿Qué hacía Rebeca con el manuscrito de la Patagonia? ¿Estaban juntas madre e hija en esto?

—Ojalá alguna vez entiendas la importancia de esos papeles.

La voz me sobresaltó. Al levantar la vista, vi a Ariadna franqueando la puerta del vestidor. Tenía las manos cruzadas detrás de la espalda.

—Ariadna.

—Santiago.

Me apoyé en el suelo para incorporarme, pero Ariadna negó con la cabeza.

—Ni se te ocurra ponerte de pie.

Llevó las manos hacia delante. En una de ellas empuñaba un gran cuchillo de cocina.

—Lo que tú digas.

Tenía la mirada clavada en la mía.

—Dame los manuscritos.

Hice lo que me ordenó.

—Ahora desaparece de mi vida. Esta vez en serio. Si se entera mi madre…

—¿Si se entera de qué?

—De que te estoy dejando ir. No es de dejar cabos sueltos.

—¿Y tú sí?

—Yo tampoco.

—¿Entonces?

—Eres un buen hombre. A mí sí me importa eso.

—Si no lo fuera, ¿actuarías distinto? ¿Qué haces con los malos hombres, Ariadna?

—Si quieres saber algo, pregúntalo y déjate de rodeos.

—¿Mataste a Cipriano Lloyd?

Ariadna me lanzó una mirada cargada de rabia y tensión. Tuve la sensación de que podía romper a llorar o saltarme al cuello. Hubiese preferido que los ojos azules se tornaran gélidos. Ver en ellos algo de maldad. Pero seguían siendo tan cálidos como siempre.

—¿Para qué quieres saberlo? No lo entenderías.

—¿Eso es un sí?

—Fue un accidente.

—¿Un accidente? ¡Le faltaban todos los dedos de un pie! ¿Cómo se tortura a un hombre por accidente?

—No tienes ni puta idea.

—¿Por qué no me cuentas la verdad en vez de repetirme que no lo entendería?

Se quedó en silencio durante unos segundos. Sus ojos apuntaban hacia los manuscritos que tenía en la mano, pero no enfocaban. Estaba en otro lugar. Después de unos segundos, de uno de ellos salió una lágrima que ella se apresuró a secar antes de que llegara al mentón.

—¿Quieres saber la verdad? Pues te la voy a contar.

60

El primer día del congreso en Puerto Madryn ha sido agotador. Siempre se pone muy nerviosa antes de hablar en público. Por suerte, su charla sobre Saint-Exupéry salió muy bien. Después de la cena de apertura, un grupo de profesores jóvenes propuso ir a tomar algo a un bar de la playa y ella se sumó.

Es la una de la mañana cuando llega al *bed and breakfast* en el que se hospedará estos tres días. El lugar no tiene conserje a partir de las diez de la noche, así que usa las llaves que le dieron para abrir la puerta exterior.

Se tira en la cama de la habitación y sonríe. Ha sido un gran día. Con su charla ya dada, podrá relajarse y dedicar mañana y pasado a asistir a las ponencias que le interesen, conectar con otros académicos y hacer todas esas cosas que se hacen en una conferencia. Un gran día, sí, señor. Ahora necesita descansar.

A medida que busca en el neceser, la sonrisa se va desdibujando. Poco a poco, la mesita se inunda de objetos. Un perfume, un desodorante, cepillo de dientes, pasta, tampones, maquillaje, discos desmaquillantes...

—Soy gilipollas —murmura.

Juraría que había puesto allí el clonazepam. Esta misma mañana, antes de su charla, se ha tomado la última pastilla de uno de los blísteres. Estaba segura de que había traído otro entero, pero allí no está.

Revuelve el resto de su equipaje. Nada. Se lo ha olvidado en Gaiman.

Sin las pastillas, no solo no podrá dormir, sino que los próximos dos días serán una tortura. Es una de esas personas que se desenvuelve muy bien en público, pero la procesión va por dentro. No se ve capaz de pasar dos jornadas hablando con desconocidos y respondiendo a preguntas sobre su charla sin la ayuda del clonazepam.

Siente que la presión en el pecho comienza a aumentar. Después de años de convivir con la ansiedad, sabe que la cosa podría empeorar mucho durante la noche.

Sale a la calle, se sube al coche y recorre la ciudad de Puerto Madryn en busca de una farmacia de guardia. En la primera le dicen que no pueden venderle ansiolíticos sin receta. En la segunda, lo mismo. Intenta en una tercera y entonces se convence de que no podrá comprarlo hasta que pueda ver a un médico mañana.

Podría ir a urgencias en el hospital, pero no sabe cuánto tardarán en atenderla ni qué terminarán por recetarle.

Gaiman y sus pastillas están a una hora de viaje. Si sale ahora, llegará antes de las tres de la madrugada. Podría pasar la noche allí y volver a Madryn mañana temprano.

Sí, hará eso. Como dice su madre, «quien no tiene cabeza tiene que tener pies».

Para cuando llega a Gaiman, a las tres menos cuarto, le cuesta respirar y ya han comenzado los temblores en las manos. Entra a la casa intentando no hacer ruido para no despertar a Lloyd, pero la línea de luz debajo de la puerta del baño le indica que no hace falta. El hombre no está durmiendo.

Apenas se mete a su habitación ve las pastillas sobre la cama. No sabe cómo pudo olvidárselas allí. Se toma dos y se deja caer en el colchón. Sabe que pasará un cuarto de hora hasta que empiecen a hacer efecto, pero ya se siente tranquila. Cierra los ojos. Oye a lo lejos el tintineo de la hebilla de un cinturón y pasos que se arrastran.

Unos segundos después, siente unos golpecitos en la puerta.

—Pasa.

Lloyd asoma medio cuerpo. A pesar de la hora, está vestido con ropa de calle.

—¿No estabas en Madryn hasta el miércoles? —pregunta el hombre, arrastrando un poco las erres.

Ariadna señala las pastillas.

—He tenido que volver. Una emergencia.

—¿Estás bien?

—Sí, ahora sí. Mañana a primera hora regreso a la conferencia.

—Muy bien. Te dejo descansar entonces.

Un minuto después de que se despidan, Lloyd vuelve a llamar a la puerta. Trae un sobre en la mano que Ariadna conoce muy bien. Al abrirlo, a ella le palpita el corazón de felicidad a pesar de que sus músculos ya han comenzado a relajarse. Dentro no hay una, sino varias páginas del manuscrito. Las cuenta y no puede creerlo. La única vez que Lloyd le entregó más de una el mismo día fue para su cumpleaños. Esa vez le dio dos.

—¿Cinco? ¡Muchas gracias! ¿A qué se debe esta ocasión especial?

Ariadna sabe que, con cada página de más que le entrega, Lloyd acorta el tiempo que compartirá con ella. Por eso ese hombre, que en general es generoso, se vuelve rácano en lo tocante al manuscrito.

—Quiero plantearte una modificación en nuestro contrato —dice él.

A ella se le ilumina la cara.

—Me interesa.

—Sé que en cuanto hayas visto todas las páginas te vas a ir y no te voy a ver nunca más.

Ahora que Lloyd se ha acercado más a ella, Ariadna nota el olor a alcohol que desprende. En los ocho meses que llevan conviviendo no lo ha visto beber una sola copa de vino.

—Bueno, en realidad...

—No es una pregunta —la interrumpe él con un tono que jamás le ha oído—. Los dos sabemos muy bien que es así. Y no te culpo. Lo nuestro es un contrato desde el día uno y yo lo tengo muy claro.

—Cipriano, ¿estás borracho?

—Ha surgido algo que cambia la situación.

—¿A qué te refieres?

—Hoy tuve control con el médico. El cáncer ya no está solo en el pulmón. No me queda mucho tiempo.

No sabe qué decirle. Lloyd levanta la vista hacia un punto indefinido en la pared y aspira entre dientes.

—De dos a seis meses es lo más probable. Así que sí, me tomé alguna que otra ginebra.

—Lo siento mucho, Cipriano.

—Hay un problema más.

—¿Qué ha pasado?

—Te mentí. La libreta no tiene ciento cuarenta hojas como te dije, sino doscientas cuarenta. Era mi manera de extender el plazo si al final sobrevivía más de lo esperado. Pero parece que no va a ser el caso.

Lloyd señala la esquina superior derecha de las páginas que le ha traído. Cuatro de ellas tienen los números 82, 83, 84 y 85, que son las siguientes a las que Ariadna ha visto. Pero la última tiene el número 240.

Le da una ojeada y no puede creerlo. Es, casi palabra por palabra, la triste conversación en la que el principito le pide a la serpiente que lo muerda para poder volver a su planeta. El final del manuscrito de la Patagonia es el final de *El principito*.

Ariadna siente entusiasmo por lo que acaba de ver y también rabia porque Lloyd la haya engañado. Pero es incapaz de reprochárselo. Ha vivido con su abuela el dolor de una enfermedad terminal y sabe que en este momento Lloyd debe de estar muerto de miedo.

—¿Te gustaría ver todo el manuscrito de golpe?

—Por supuesto.

—Estoy dispuesto a dártelo.

—Muchas gracias. De verdad.

—A cambio quiero que me ayudes a recordar lo que se siente ser joven.

—¿Y eso cómo se hace?

Antes de hablar, Lloyd se acomoda a los pies de la cama de Ariadna y exhala. El aire sale por las fosas nasales con una especie de silbido agudo.

—Pasando una noche conmigo.

El corazón se le para de golpe.

—¿Qué?

—Una noche nada más. La última vez que estuve con una mujer como vos fue hace cuarenta años. Quiero sentirlo de nuevo antes de irme de este mundo.

61

Cipriano Lloyd tiene los dedos entrelazados y la cabeza gacha. La luz de la habitación se refleja en su cuero cabelludo moteado por la edad. Frente a él, una desconcertada Ariadna asiste en primera fila al espectáculo en el que su mundo se derrumba.

Ha quedado tan estupefacta que no sabe qué decir. Se levanta y va en dirección al baño, pero entonces oye una frase que le hace hervir la sangre.

—Entiendo que te parezca raro...

Se detiene en seco y se gira para enfrentarlo.

—¿Raro? Lo que me parece es una traición. Me hiciste creer que necesitabas un ser humano con quien hablar de historia, de Saint-Exupéry y de los putos inmigrantes galeses. Tú mismo usaste la frase «nieta postiza» varias veces. ¿Qué tipo de mente retorcida se quiere follar a alguien que le recuerda a su nieta muerta?

—Nunca tuve ninguna nieta. Nora no existe.

Lloyd se pasa una mano por la cara como si quisiera dejarle claro que lo que acaba de decir lo avergüenza. Esa misma mano, que muchas veces se posó sobre su hombro como la de un abuelo, ahora le da ganas de vomitar.

—Me inventé a Nora porque sabía que te generaría compasión. De otra manera, una mujer joven y culta como vos jamás habría aceptado venir a vivir a esta casa. Pero te juro que esa fue mi única mentira. Todo lo demás fue genuino, Ariadna. Hacía años que no disfrutaba tanto una charla como las que tuve con vos en estos meses.

Ariadna se cuelga la mochila al hombro y encara hacia el comedor. Cuando pasa frente a Lloyd, el hombre la agarra de una muñeca.

—Esperá. No te vayas así.

A pesar de su edad, los dedos conservan la fuerza que da toda una vida trabajando en el campo.

—Suéltame.

Debería dar un tirón para librarse, pero le aterra la posibilidad de descubrir que es más débil que él.

—No vamos a hacer nada que no quieras hacer, pero escuchame, por favor.

Él la mira con ojos de súplica, pero sigue sin soltarla. Ella junta coraje y tira. Lloyd se mueve un poco, pero la mano no está ni cerca de abrirse.

—Te he dicho que me sueltes.

Ariadna comprueba con terror que la mirada de Lloyd se ha tornado libidinosa.

—No, escuchame primero. Te pido una noche, nada más.

Recuerda su infancia. En su casa acomodada de Barcelona, su madre insistía en que el mundo era hostil para una mujer. Le explicó que, ante la duda, siempre asumiera que un hombre pensará con la polla antes que con el cerebro. Y después, cuando el daño esté hecho, pedirán perdón. Llorarán. Se arrepentirán, quizá incluso genuinamente. Pero lo que nunca podrán hacer, incluso los que lo intenten, será reparar el daño.

Tira una vez más, pero la presión en su muñeca no disminuye. Al contrario. Entonces Ariadna hace lo que le han enseñado de pequeña.

Se defiende.

«Jamás les pegues en el torso, porque eso es de niña débil —le repitió decenas de veces su madre—. Tampoco en la cara, porque un ojo negro o una nariz rota solo hará crecer su ira».

«Entonces ¿dónde?».

«En la nuez de Adán. Si estás en peligro, ese es tu botón de emergencia».

En cuanto el puño alcanza la tráquea, la presión en la muñeca disminuye. Ariadna se libera y corre hacia la puerta, pero un ruido la obliga a detenerse. Nunca ha oído a nadie toser así. Parece un perro enfermo.

Sabe que no debe hacerlo, pero vuelve hacia Lloyd, que ahora está tirado en el suelo.

—Cipriano, ¿estás bien?

Lloyd solo logra emitir sonidos guturales. Tiene la cara de color rojo, y las venas del cuello y las sienes parecen a punto de explotar.

—Cipriano.

El hombre se está ahogando. La invade una electricidad en el cuerpo que la hace moverse de manera errática. Camina alrededor de él. Saca del bolsillo el teléfono para marcar el número de emergencias, pero se da cuenta de que no tiene batería.

Corre a la habitación de Lloyd para usar el suyo, pero no está en la mesita ni en los cajones. El hombre es de la vieja escuela y puede pasar días sin mirarlo.

—¿Dónde está? —murmura mientras mira hasta debajo de la cama.

Quizá esté en el baño. Ella misma se suele llevar el teléfono al baño. Pero allí tampoco está. La ansiedad empieza a apoderarse de ella a pesar de las pastillas.

—¡¿Dónde está, coño?! —grita, desesperada.

Cuando regresa al pasillo, Lloyd está azul y quieto. Se agacha junto a él y le habla, pero no obtiene respuesta. Le sacude la cara. Nada. Intenta hacerle la respiración boca a boca y reanimación cardiopulmonar, aunque toda su instrucción en el tema venga de lo que ha visto en las películas.

Tres minutos parecen poco, pero son una eternidad si una los pasa intentando reanimar a una persona. De vez en cuando se detiene para secarse las lágrimas y vuelve a la carga, pero nada. Tres minutos, esa eternidad, es lo que tarda Ariadna en darse cuenta de que Cipriano Lloyd está muerto y no hay nada que ella pueda hacer para revertirlo.

El cuerpo le tiembla tanto que lo único que logra hacer es ponerse de pie y caminar por la casa como una leona enjaulada. La adrenalina ha borrado todos los efectos de las pastillas. Reproduce lo que acaba de pasar y le parece surrealista. Ella solo quería poner distancia. Que Lloyd la soltara. Nunca pensó que le haría tanto daño con un solo golpe.

Solloza y camina por la casa desesperada, como si fuese a encontrar allí algún objeto para volver el tiempo atrás. Recoge las llaves del Peugeot de encima de la mesa, pero las manos le tiemblan tanto que el llavero cae al suelo.

—Mierda —dice en voz alta.

En cuanto se agacha a recogerlas, nota un objeto negro con el rabillo del ojo. Está pegado debajo de la mesa. Es una pequeña grabadora de sonido. La tiene que haber puesto ahí Sotomayor. ¿Quién, si no?

La apaga y se la guarda en el bolsillo. Sotomayor ha estado dos veces en la casa. Quizá ya sabe del acuerdo entre ella y Lloyd por las páginas. En cuanto se entere de que Cipriano ha muerto, ella pasará a ser la principal sospechosa.

Tiene que pensar y rápido. Acaba de matar a un hombre. Sin querer, pero lo ha matado. Se ha convertido en aquello de lo que lleva escapando toda la vida: su madre.

¡Su madre! Corre a la habitación, saca la tablet de la mochila y la llama. Rebeca atiende al cuarto tono.

—¿Ari? ¿Estás bien?

Son las siete de la mañana en España. Rebeca seguramente estará terminando de trabajar. Ariadna le pide que vaya a un lugar donde esté sola y que la escuche atentamente.

—Has hecho bien en defenderte —responde Rebeca en cuanto Ariadna le cuenta lo que ha pasado.

—¿Qué hago, mamá?

—Lo más importante es que mantengas la calma. ¿Quién más sabe de tu acuerdo con Lloyd?

—Quizá Sotomayor. Nadie más.

—Sotomayor lo sabe —confirma su madre—. Así que tendrás que convencer a la policía y a él también.

—¿Qué quieres decir?

—Tienes que desviar la atención.

—¿Hacia dónde?

—Hacia mí.

—No te entiendo.

—Escúchame bien y haz exactamente lo que te voy a decir.

Las instrucciones de Rebeca despiertan en Ariadna un recuerdo de la adolescencia que se ha esforzado por borrar. Es el recuerdo de una tarde en la que Ariadna se escapó del colegio y fue a la oficina de Rebeca. Al entrar, oyó gritos. Y, al acercarse, vio a su madre agachada a los pies de un hombre sentado en una silla.

Empuñaba unas tijeras de podar manchadas de sangre.

62

—¿No me vas a decir nada? —me preguntó Ariadna unos segundos después de terminar su relato.

—No sé qué decirte. Mataste a un hombre.

—Defendiéndome. Solo quería que me dejara en paz. ¿Me crees que fue un accidente?

—¿Cómo va a haber sido un accidente si le cortaste los dedos de un pie?

—¡Ya te lo he dicho! Necesitaba que pareciera que lo habían torturado. Con lo de los dedos, tú sospecharías de mi madre y no de mí.

Ariadna masticaba rabia con cada palabra. La voz le temblaba al límite del llanto, pero en sus ojos, clavados en los míos, se leía la determinación de no quebrarse.

—Estaba desesperada. Apenas me fui de allí volví a Puerto Madryn e intenté pasar el resto de la conferencia con normalidad. Al regresar a Gaiman, fui a la casa y después a la policía a informar sobre el cadáver. Estaba segura de que me meterían en prisión.

—Pues eres una actriz buenísima, porque te creyeron.

—Tuve mucha suerte. De que el teléfono estuviera sin batería, de que el alojamiento no tuviese conserje y de que la policía no haya encontrado mi coche en grabaciones de ninguna cámara de seguridad, o un testigo. Como plan, hacía aguas por todos lados. Pero jamás fue un plan, fue una reacción a una situación desesperada. No es un crimen perfecto premeditado, sino unas cuantas chapuzas que salieron bien. Si hasta lo del sangrado de los dedos fue una casualidad enorme. Según leí después, si hubiese dejado pasar más de unos minutos, en la autopsia habría quedado claro que los cortes eran *post mortem*.

Iba a preguntarle cómo la policía no había rastreado la llamada a Rebeca, pero me di cuenta de que, al ser con la tablet, se había hecho utilizando el wifi de la casa. A diferencia de un *router* profesional como el del Touring, un aparato doméstico no guarda el histórico de conexiones.

—No puede haber sido solo suerte. La policía te dejó ir demasiado rápido.

—No sé con seguridad si mi madre intervino en eso o no. Conociéndola, puede ser. Cuando la volví a llamar esa madrugada, ya en Puerto Madryn, me dijo que si la policía se enfocaba mucho en mí, ella encontraría una solución.

Parecía poco probable que una empresaria española encontrara la manera de sobornar a unos policías patagónicos, pero no era imposible. Yo había visto cosas mucho más extrañas. Cuando hay dinero de por medio, la gente suele entenderse muy rápido.

Ariadna levantó la vista.

—¿Me crees que nunca quise hacerle daño?

—No sé.

—¿Vas a denunciarme?

—La idea de que me contrataras también fue de tu madre, ¿no? Así, además de ayudarte a buscar el manuscrito, serviría para convencerme de que no habías tenido nada que ver con la muerte de Lloyd.

Ariadna bajó la mirada.

Consideré preguntarle si lo que pasó entre nosotros también había sido parte del plan, pero no tuve el valor de enfrentar la respuesta.

—No me has respondido si me vas a denunciar.

—¿Por qué me traicionaste?

Estaba esperando la pregunta, porque no titubeó ni un poco al contestarme. Simplemente tomó aire y me miró a los ojos.

—Justo antes de irte, en el hotel en Nueva York, estabas raro. Al abrir mi bolso vi que había cosas rotas y fuera de lugar. Cuando descubrí que la grabadora estaba vacía, supe que la habías cambiado por otra.

Asentí.

—Debería haberme deshecho de ese aparato, pero no podía renunciar a la posibilidad de que allí hubiese quedado grabada una conversación de Lloyd con alguien sobre la ubicación del manuscrito.

—Podrías haberme contado entonces lo que acabas de contarme ahora.

—No sé por qué no lo hice. No estaba preparada todavía, supongo. Además, desconfío de los hombres por naturaleza. Me he criado con una madre empresaria de la noche. Siempre creo que me van a hacer daño. Y más aún…

Ariadna bajó la mirada.

—¿Más aún qué?

—Más aún si se trata de un hombre por quien siento algo que no he sentido nunca.

Tuve que hacer un esfuerzo para dejar pasar el comentario. Si Ariadna era capaz de cortar dedos para salvar su pellejo, también lo sería de decir algo así.

—Entonces decidiste que lo mejor era desaparecer llevándote el manuscrito que, en realidad, era de los dos. ¿Te olvidaste de repente de nuestro acuerdo? Tenías pensado traicionarme desde el primer momento, ¿no? Nunca consideraste darme mi parte.

Ariadna dejó caer los brazos a los lados y negó con la cabeza. Ahora por su mejilla corrían lágrimas que no se molestó en secar.

—Deja los documentos donde estaban y vete.

—Ariadna.

—Te lo dejé claro en la nota de despedida. Olvídate de mí y de los manuscritos.

Apuntó el cuchillo hacia mí y entonces sí vi fuego en su mirada. No tuve más remedio que aceptar que había perdido.

63

En cuanto le di los manuscritos, Ariadna se hizo a un lado para dejar de bloquearme el paso. La abertura en la pared del vestidor que ahora dejaba libre era mi pasaporte para salir ileso de la boca del lobo. Si Rebeca llegaba a la casa, estaría perdido.

Pero ¿qué iba a hacer después de atravesar ese umbral con las manos vacías? ¿Intercambiar mis servicios con los de un panadero?

Duele mucho aceptar que estuvimos cerca y no lo logramos. Pero duele más saber que fue porque alguien nos lo robó.

—¿Puedo al menos llevarme un abrigo? —pregunté, señalando las perchas.

—¿Qué?

—Para mi madre. En su vida podrá tener algo así.

—¿Te das cuenta de lo surrealista que es lo que estás diciendo?

—¿Puedo o no puedo?

Ariadna se encogió de hombros y señaló con el cuchillo las perchas.

—Coge el que quieras.

Elegí el más grueso. Un tapado de piel probablemente natural. Lo descolgué de la percha y lo estiré frente a mí para observarlo. Después asentí satisfecho y lo doblé a la mitad.

—Este le va a encantar.

Ariadna resopló y estuvo a punto de decir algo, pero no tuvo tiempo. Me abalancé sobre ella, envolviendo el cuchillo con el abrigo. Su espalda golpeó contra una estantería y caímos bajo una lluvia de zapatos.

—¡Suéltame!

Sus manos se movían con fuerza. No podía dejarla hacer ningún movimiento en el que hundiera la punta del cuchillo. Lo agarré por la hoja. Las dos capas de piel evitaron que me desgarrara la mano. Lo moví hacia un costado y el otro hasta que logré por fin quitárselo.

—Te vas a arrepentir de esto —me escupió.

—Ya estoy arrepentido —le dije—. Pero no creo que puedas entenderlo.

Levanté del suelo el maletín con los dos manuscritos y me fui de allí a toda velocidad.

64

Al día siguiente, fui a la oficina de Caballé con los dos manuscritos. Por primera vez en mucho tiempo, pagué un taxi de mi bolsillo. Al verme entrar con un maletín, el marchante se levantó de la silla, rodeó el escritorio y caminó hacia mí.

—Señor Sotomayor, qué alegría verlo.

Acompañó el apretón de manos con unas suaves palmaditas en el antebrazo. Incluso sonrió.

—Lo veo llegar con eso en la mano y no puedo evitar ilusionarme.

—Son los dos manuscritos —dije, abriendo el maletín sobre su escritorio reluciente.

El hombre quitó el papel de burbujas y extrajo la caja de cartón del manuscrito de la Patagonia. La abrió con el cuidado de quien apoya un bebé dormido. Conforme pasaba páginas asentía, o encorvaba un poco más la espalda para descifrar alguna de las frases ininteligibles de la escritura de Saint-Exupéry.

Al terminar, pasó al manuscrito de París. Me pareció que este lo miraba con menos interés profesional y más con una especie de nostalgia. Si el de la Patagonia lo había estudiado, este lo estaba disfrutando. Cuando llegó al final, cerró la carpeta, le puso una mano encima con suavidad y la deslizó hacia mí.

—Con este no puedo hacer nada. Ya le dije que no voy a arruinar mi reputación por más dinero que haya en juego.

—Yo el único que quería es el de la Patagonia, pero estaban juntos. No sé qué hacer con el otro.

Caballé me lanzó una mirada reprobatoria.

—¿Me permite un consejo?

—Por supuesto.

—Vendamos el manuscrito de la Patagonia por tan buen precio que usted pueda darse el lujo de devolver el de París a la Biblioteca Nacional de Francia. Se ahorrará años con miedo a que la policía llame cualquier día a su puerta. Tengo un amigo que dice que eres feliz siempre y cuando tengas comida en el estómago, salud, un techo sobre la cabeza y no haya nadie intentando meterte en la cárcel.

—Interesante concepto de felicidad.

—¿Tiene uno mejor?

—No.

—Ya lo ve. Pero, bueno, no soy psicólogo, sino marchante de libros. Tenemos un contrato para vender el manuscrito de la Patagonia y me encargaré de conseguir la mejor oferta.

—¿Cuánto?

—La última vez le dije, muy a ojo de buen cubero, que podríamos aspirar a más de quinientos mil. Sin embargo, en ese momento no sabía, y creo que usted tampoco, que en la última parte de la libreta habría pasajes enteros de *El principito*. Incluso está la conversación con la serpiente. ¡Pasajes enteros, doce años antes de lo que se creía! Eso pondrá patas arriba a más de un erudito.

Me dieron ganas de echarme a reír, invitarlo a una cerveza y hablarle de Reg Garvey.

65

Cuarenta y ocho horas después de la reunión con Caballé recibí una videollamada de un número desconocido. Atendí con la esperanza de que fuera el marchante de arte con buenas noticias. Sin embargo, en la pantalla apareció la cara redonda y rosada de mi sobrina mayor.

—Eva, cariño. ¿Cómo estás?

—Muy bien, tío.

—¿Desde qué teléfono me estás llamando?

—Del de tu amiga Rebeca.

Se me heló la sangre.

Rebeca Lafont apareció en la pantalla, mostrándome una sonrisa de oreja a oreja.

—Hola, Santiago. ¿Qué tal estás? ¿Qué te parece si quedamos en un rato y me traes esos papeles que tienes que darme? De paso te llevas a la pequeña Eva, que ya tiene ganas de volver a casa, ¿verdad, cariño?

Si hubiera estado atado de pies y manos con el cañón de un arma apoyado en la frente, habría tenido menos miedo.

—Pásame con Eva.

La cara de mi sobrina volvió a aparecer en primer plano.

—Eva, cariño, ¿estás bien?

—Sí, tío. Rebeca es muy guay. Me ha comprado un helado.

—¿Dónde estás?

—En el centro, cerca de la catedral.

Rebeca Lafont se asomó por detrás de mi sobrina.

—Nos vemos en una hora si te parece. Te envío un mensaje con la ubicación.

66

Bajé a toda prisa desde el Arco de Triunfo y entré al parque de la Ciudadela, uno de los reductos verdes más grandes de la ciudad. Los dragones de la fuente escupían agua, custodiando un monumento desde cuyo techo unos caballos dorados parecían vigilar el parque. Siguiendo las instrucciones de Rebeca, subí por las escalinatas que rodeaban la fuente hasta un porche de cemento. Allí, unas adolescentes fumaban marihuana mientras escuchaban trap a todo volumen.

Rebeca Lafont apareció por detrás de una columna.

—¿Dónde está Eva?

—Venga —me dijo, y comenzó a bajar las escaleras.

Avanzamos por el parque hasta llegar a la escultura de un gran mamut de cemento. Mi sobrina Eva estaba sentada sobre la trompa. Se me cayó el alma a los pies al ver a Ariadna a unos metros. Un golpe tan bajo de Rebeca no me extrañaba, pero me había negado a creer que su hija pudiera llegar tan lejos.

—¡Eva! —dije, y eché a correr hacia ella.

Ariadna me esquivó la mirada. Mi sobrina se bajó del mamut y me abrazó con más fuerza de la que yo le conocía a esos brazos pequeñitos.

—Tío, ¿dónde estabas? Te he echado de menos.

—Trabajando, cariño. ¿Estás bien?

—Sí, muy bien.

Miré de frente a Rebeca Lafont. Como le hubiera hecho algo...

—Esto de haberme encontrado a Eva no estaba en los planes —me dijo—. Y aunque ha estado muy mal dejarse convencer por una extraña, ha tenido suerte. Yo jamás le haría daño a un niño. ¿Entiendes, Santiago?

—¿Por qué me ibas a hacer daño si eres amiga de mi tío?

—¿Quieres volver un rato al mamut? —le dije a mi sobrina—. Tengo que hablar unas cosas con ellas. Yo te miro desde aquí.

—Bueno.

Me alejé de la estatua lo justo para que la niña no pudiera oírnos. El maletín que llevaba en la mano hizo que Rebeca me siguiera como un galgo a un conejo. Ariadna vino detrás de su madre sin atreverse a mirarme.

—No creas que hemos venido solas —dijo Rebeca, señalando alrededor.

El parque estaba lleno de gente. Jóvenes practicando malabares, subsaharianos vendiendo pareos y una horda de caminantes disfrutando de una tarde tranquila. Era imposible saber con una breve mirada quiénes trabajaban para ella. O cuántos.

—Aquí tienes tus manuscritos —le dije a Ariadna, pero ella permaneció inmóvil.

Rebeca negó con la cabeza, dio un paso hacia mí y me quitó el maletín de la mano.

—Estáis completamente locas. Habéis secuestrado a una niña inocente.

—Sí, pero mira qué buen resultado nos ha dado —dijo Rebeca, mirando el maletín.

—¿No se cansa de ir causando sufrimiento por donde pasa?

—Claro que me canso, pero no tengo otra opción. Es difícil para una mujer sobrevivir en mi posición.

—Me imagino. Por eso tiene que torturar como me torturó a mí el día que nos conocimos. No le queda otra opción, ¿no? Y tú, Ariadna. ¿Cuál es tu excusa para hacer una barbaridad así?

Ariadna ni siquiera tuvo el valor de mirarme al hablar.

—Santiago, yo... —balbuceó.

—Tú te callas —intervino Rebeca.

Ariadna obedeció. Sentí vergüenza de haberme enamorado de una mujer que solo era capaz de serle fiel a su madre y a un francés feo que llevaba ochenta años muerto.

—Veo que es un tema común en la familia. Hay que hacerse respetar, cueste lo que cueste.

Rebeca me apuntó con el índice.

—No durarías tres días como mujer. Ni tú ni la mayoría de los hombres.

Miré hacia el mamut. Eva ahora compartía la trompa con otros dos niños.

—Estoy seguro de que es muy difícil. Por eso la mayoría de las mujeres va por la vida secuestrando y torturando.

La sangre me hervía de rabia y tenía decenas de reproches para las Lafont, pero nada era más importante en ese momento que sacar a mi sobrina de allí. En cuanto comenzamos a alejarnos entre el gentío, sentí un tirón en la mano. Eva se había parado para girarse a saludar.

—Adiós, chicas. Gracias por el paseo. Ha sido muy guay.

67

Nunca me hubiese perdonado que algo malo le pasara a Eva por mi culpa. Nunca. No lamenté ni un instante la decisión de haber entregado esos manuscritos.

Casi un mes después de aquel día, uno de los peores de mi vida, acaricié con una mano el pelo de mi sobrina y alcé con la otra una copa de cava.

—Por esta familia de sobrevivientes.

—¡Salud! —dijeron todos alrededor de la mesa del comedor de mi casa-despacho.

Cinco minutos más tarde, se apagaron las luces y mi hermana apareció con un pastel lleno de velitas encendidas. Cuando terminaron de cantarme el cumpleaños feliz, Marcela me recordó que tenía que pedir un deseo. Los miré a todos antes de soplar.

Mamá me sonreía. Quién sabe qué estaría pensando, pero lo interpreté como una señal de apoyo. Mi hermana y su marido, que ya no llevaba barba tipo náufrago, se trataban con un cariño que hacía tiempo que no se les veía. Quizá tenía que ver con que Antonio había conseguido por fin un trabajo. Los gemelos reían entre babas ante las carantoñas de Marcela, que ya había presentado los papeles para poder traer a su hija a España.

Eva, con su dentadura llena de ventanitas, me amenazó con que, si no soplaba pronto, soplaría ella.

«¿Un deseo?», pensé. Que la familia siga encontrando motivos para reír a pesar de todo.

Pasamos la siguiente media hora contándole a Eva anécdotas de cuando su madre y yo éramos pequeños y lo que hacíamos para divertirnos sin internet. También cantamos juntos las canciones infantiles españolas que mi madre nos había enseñado mientras nos criaba en Argentina.

Pocos minutos después de terminar el pastel, sonó el timbre.

—Traigo un paquete para Santiago Sotomayor —dijo un chico con acento centroamericano.

Asumí que sería el ejemplar que había comprado por internet de *Piloto de guerra*, otro de los libros de Saint-Exupéry. Si me había dejado algo mi aventura con Ariadna era una incipiente curiosidad por el autor francés.

Cuando bajé a la calle, el chico me entregó una caja que, sin lugar a dudas, no contenía un libro. Tenía forma alargada, como si dentro tuviera una botella de vino, pero pesaba tan poco que me planteé si no estaría vacía. Llevaba mi nombre escrito a mano y no especificaba el remitente. Cuando quise preguntarle al muchacho quién la enviaba, ya se alejaba en bicicleta.

Desaté el lazo de raso y levanté la tapa. Dentro había una rosa roja con un tallo largo al que solo le habían dejado cuatro espinas. En el sobre que la acompañaba encontré tres mil euros y una tarjeta escrita a máquina.

Feliz cumpleaños.

Hay cosas que usted no sabe. Deme la oportunidad de que se las muestre. Sin compromisos y, sobre todo, sin peligro.

Lo espero pasado mañana en la pasarela Simone de Beauvoir a las once de la mañana. Venga, por favor. Es muy importante y se lo recompensaré muy bien.

Una búsqueda en mi teléfono me reveló que la pasarela Simone de Beauvoir es un puente peatonal que cruza el río Sena, en París. Y que uno de sus extremos lleva directamente a la sede de la Biblioteca Nacional de Francia de la que Rebeca Lafont había robado el manuscrito.

68

Dos días más tarde, crucé el parque de Bercy y encaré la pasarela para atravesarla en dirección a la biblioteca. Era mi primera vez en París y la capital francesa se me antojaba preciosa pero a la vez demasiado grande. A pesar de haber vivido media vida en Buenos Aires, ahora Barcelona era mi límite en cuanto a tamaño para una ciudad.

Con cada paso, los listones de madera resecos por el sol crujían bajo mis pies. Por las rendijas entre ellos se veía el agua oscura del Sena.

—Qué bien que hayas venido.

Al levantar la mirada me encontré con Ariadna. Llevaba una larga bufanda alrededor del cuello y un maletín en la mano.

—¿Qué quieres? —le pregunté.

—Que hablemos. Pero, antes, acompáñame, por favor.

—¿Adónde?

—A devolver el manuscrito de París.

Señaló a su espalda y echó a andar por el puente sin vacilar.

Miré alrededor buscando a Rebeca o a alguno de sus esbirros, pero no identifiqué a nadie. Tras dudarlo un instante, decidí seguirla. Al fin y al cabo, su madre no iba a estar esperando en la biblioteca pública de la que había robado el documento.

Entramos a un edificio moderno, en su mayoría construido bajo tierra. Ariadna se acercó a un escritorio y habló en francés con una mujer que le respondió señalando hacia un pasillo. Después de preguntar un par de veces más, llegamos a la oficina de un hombre curiosamente musculoso. Cruzaron unas pocas palabras y enseguida él la invitó a pasar. Ariadna me indicó que esperara fuera.

La oficina era totalmente de cristal. Cuando su ocupante fue a cerrar las cortinas, Ariadna le hizo un gesto para que no lo hiciera y después me miró disimuladamente. En cuanto ella puso el contenido del maletín sobre el escritorio, él levantó el teléfono. Cinco minutos después, dos policías entraron en la oficina y entonces sí se cerraron las cortinas.

Pasaron dos horas hasta que Ariadna salió por la puerta. Cuando lo hizo, el hombre musculoso la saludó con un apretón de manos y un *merci beaucoup*.

—Ya está —me dijo, mostrándome las manos vacías—. El manuscrito de París ha vuelto a donde pertenece.

Caminamos hacia la salida de la biblioteca en silencio. Tenía mil preguntas para hacerle, pero preferí que fuera ella quien hablara. Lo hizo en cuanto estuvimos fuera.

—Te hice venir porque quiero que sepas la historia entera. Eso empieza demostrándote que soy muy diferente a mi madre.

—¿Qué les has dicho?

—La verdad. Que lo había robado ella para venderlo en el mercado negro. Evidentemente, me preguntaron si yo había tenido algo que ver y les enseñé el sello en el pasaporte que demuestra que en el momento del robo yo estaba en Argentina. Entre eso y que renuncié a los diez mil euros de recompensa, me creyeron.

—Qué lástima que no cambiaras de opinión antes de causar tanto sufrimiento, ¿no?

Noté que mis palabras le habían dolido. «Mejor», pensé.

—Nunca quise robar este manuscrito, ni traicionarte, ni mucho menos secuestrar a tu sobrina. No soy mi madre, Santiago.

—¿Le vas a echar la culpa de todo a ella?

—No. Solo voy a contarte la verdad y luego tú decides lo que piensas de mí. Lo primero que debes saber es que has conocido a dos Ariadnas: una desde el día de la embajada a la noche en que murió Cipriano y la otra desde ese momento hasta el secuestro. La primera es la verdadera. Esa soy yo.

—¿Y la segunda?

—La segunda es una mujer que no tenía otra salida.

—Siempre hay otra salida.

Ariadna se miró los pies y se tomó unos segundos para recuperar la compostura.

—Mi madre tenía instalada una aplicación en el teléfono que grababa todas las llamadas. En el ambiente en el que se movía, algo así resultaba muy útil. Me amenazó con enviarle a la policía la grabación de la noche de la muerte de Lloyd, cuando la llamé desesperada para contarle lo que había sucedido. Quizá te resulte increíble, pero ella era así.

—¿Por qué hablas de tu madre en pasado?

—Porque lleva tres semanas muerta.

Me quedé helado.

—¿Qué le pasó?

—Dos disparos en el pecho.

—¿Quién?

—Si estás preguntando quién apretó el gatillo, no se sabe.

—¿A qué te refieres?

—A que cuando la Camorra te quiere muerto, mueres. Que encuentren o no a quien disparó es lo de menos.

69

Nos alejamos de la biblioteca caminando por la orilla del Sena.

—Desde que mi madre no está, se fue algo que me apretaba el pecho. Incluso hay noches en las que puedo dormir sin pastillas.

—Que tu madre esté muerta no cambia que me hayas traicionado y que hayas participado en el secuestro de mi sobrina.

—¡Yo no secuestré a tu sobrina! Fue ella. Una vez tuvo a la niña me llamó para decirme que fuera al parque de la Ciudadela. Le respondí que se había vuelto loca, por supuesto, y que no pensaba participar en algo así. ¿Sabes lo que me contestó? «España y Argentina tienen tratado de extradición. Debe de ser toda una novedad una *gasheguita* en una cárcel de Buenos Aires». Y, por si eso fuera poco, me dio a entender que Eva estaría mejor si yo iba a cuidarla al parque. No tienes por qué creerme, pero fui para protegerla. Sabía que pensarías lo peor de mí, pero el bienestar de la niña me pareció más importante.

Por el río bajaba un barco restaurante. Unas cincuenta personas tomaban café después de comer en la cubierta mientras en la proa una chica tocaba el violín. Parecían felices. Imaginé que lo que me estaba contando Ariadna era el casco de ese barco. Mi tarea era inspeccionar si flotaba o estaba lleno de agujeros.

—¿Qué es lo que buscas, Ariadna? ¿Mi perdón?

—Con que me entiendas me conformo. Has venido hasta aquí, no tienes mucho que perder con escucharme, ¿no?

Tenía razón. En parte no perdía nada y en parte, una parte muy pequeña, albergaba la esperanza de que hubiese una explicación para muchas de sus decisiones.

—Conmigo, mi madre era manipuladora y controladora a niveles inimaginables. Nunca paró de meterse en mi vida ni de opinar sobre cómo debía vivirla. Hasta que no tuve dieciocho años no pude ponerme una sola prenda de ropa sin que ella diera primero el visto bueno. De cada amigo que tuve, me exigió que le contara todo. Casi ninguno le venía bien y tenía que dejar de verlos o hacerlo sin que ella se enterase. Me prohibió los novios y la noche, repitiéndome que, si yo hubiera visto lo que había visto ella, la entendería. Esa necesidad de control no paró nunca. ¡Tengo treinta y cuatro años y contrató a un investigador privado para que me siguiera a medio mundo de distancia!

En eso tenía que darle la razón. En todas mis interacciones con ella, Rebeca encajaba al dedillo en el perfil de persona controladora.

—Mira, te voy a contar algo que muestra muy bien quién era mi madre. Cuando tenía once años, comencé a ganar peso. Al principio, ella me hacía comentarios sutiles, del estilo «¿En serio tienes hambre para repetir?». En cuestión de meses pasó a barbaridades como «Si comes como un cerdo, engordarás como un cerdo. ¿Conoces a mucha gente a la que le guste estar con un cerdo?».

—Por Dios.

—Empecé a comer menos, pero evidentemente para ella no fue suficiente. En la puerta de la nevera teníamos esos imanes con palabras sueltas que la gente normal usa para formar frases como TE QUIERO MUCHO o TE COMO A BESOS. Pues ella un día pegó una foto de un hipopótamo y una de una gacela, y con los imanes escribió: DECIDE BIEN.

Pensé en mi sobrina Eva. En tres años tendría la edad a la que Ariadna había recibido ese maltrato.

—Las fotos y la frase estuvieron un año en la nevera. Un año. Cada vez que yo reordenaba las palabras para escribir otra cosa, al día siguiente volvía a encontrarme con DECIDE BIEN.

Se me encogió el corazón. No podía dejar de pensar en Eva.

—Lo que me estás contando es horrible.

—Pues esa fue mi infancia. Y ahora que sabes cómo era Rebeca como madre, combínalo con su ambición como empresaria. Cuando tuvo una discoteca, quiso tener dos. Cuando tuvo dos, cuatro. Para ella, el fin siempre justificaba los medios. Por eso llevaba años haciendo negocios con organizaciones como la Camorra, la 'Ndrangheta, los Lating Kings, la mafia serbia y probablemente otros que yo desconocía.

—¿Drogas?

—Sí. Hasta donde sé.

—¿Y tú estabas al tanto?

—Algo sospechaba, pero me lo confirmó cuando le conté, desde Nueva York, que teníamos el manuscrito de la Patagonia.

—¿Qué tiene que ver una cosa con la otra?

—Unos días antes de que llegaras a Argentina, mi madre me llamó y tuvimos una larga charla. Me preguntó si estaba bien y le respondí por enésima vez que sí. Para convencerla, le hablé de la importancia histórica del manuscrito en el que estaba trabajando y también le mencioné el alto valor de mercado que podía tener. Hoy entiendo que eso fue un error, pero estaba muy entusiasmada con los avances de mi trabajo y quería compartirlos con ella.

Me pregunté si esa charla no habría sido el disparador para que Rebeca me enviara a vigilar a su hija. Al fin y al cabo, terminó encargándome que encontrara el manuscrito.

—Después de la muerte de Cipriano, no tuvo reparos en darme el dinero para que te contratara y financiar la búsqueda del manuscrito. Creí que lo hacía para ayudarme a superar el trauma de lo que había pasado. Me llamaba todos los días, algunos varias veces en el mismo día, para saber qué tal íbamos. Me pareció sospechoso tanto interés, incluso para ella.

—Recuerdo que rechazaste unas llamadas suyas en Nueva York la mañana que encontré la grabadora.

—Pues en cuanto te fuiste volvió a llamarme. Le conté que teníamos el manuscrito y supuse que se alegraría por mí. Pero en vez de eso me confesó que tenía una deuda de diez millones de euros con la Camorra y que llevaban meses amenazándola. Según lo veía ella, el manuscrito era su única salida.

—¿Pensaba venderlo por diez millones de euros?

—No. Y ahí es donde entra en juego el manuscrito de París. Ambos son *Vuelo nocturno*. El de la Patagonia representa una versión inicial, y el otro, la definitiva. Son como dos caras de una moneda, ¿entiendes?

—¿Se complementan el uno con el otro?

—Exacto. A los ojos de un coleccionista, son un tándem. Imagínate que en el mundo hubiera dos mitades de una máscara de oro inca en manos de diferentes coleccionistas. ¿Qué generaría más dinero? ¿Vender cada mitad por separado o juntarlas y vender la máscara completa? Mi madre robó el manuscrito de París porque meses antes yo le había mencionado que ambos se complementaban. Sin imaginarme las consecuencias, cometí la torpeza de decirle que juntos podían valer millones.

—Si vamos al caso, el de la Patagonia también se complementaba con el de *El principito*, y ese tándem valdría más aún.

—Sí, pero para una persona que vive, trabaja y tiene contactos criminales en Europa, es mucho más difícil robar en Nueva York que en París.

A lo lejos, el barco restaurante atracaba en un pequeño embarcadero y los comensales comenzaban a bajar. «Todavía flota», pensé.

—¿Sabías que tu madre planeaba robar el manuscrito de París?

—Qué va. Me soltó todo junto en la misma llamada: que había robado el de París, lo de la deuda con la Camorra y el plan de vender los documentos en tándem. Se me cayó el alma al suelo. Recuerdo perfectamente lo que me dijo: «Si quieres que siga viva, tienes que traerme el manuscrito de la Patagonia. Puedes digitalizarlo y estudiarlo. Al fin y al cabo, no necesitas el original en papel, ¿no?». Desde ese momento fui poco más que un títere de ella. Hasta me dictó la nota que te dejé en Nueva York.

—Entonces no te conozco.

—Te aseguro que el beso en el puente de Brooklyn y la noche que pasamos juntos fueron antes de esa llamada. No actué siguiendo instrucciones de nadie.

—Un honor —respondí en tono sarcástico.

Ariadna no se dio por aludida.

—Siempre fue muy buena para los negocios —prosiguió—. Sabía que para vender un binomio así, en el que uno de los dos manuscritos es robado, había que encontrar a un perfil de comprador muy particular.

—Con mucho dinero y pocos escrúpulos.

—Así es. Hay marchantes que se niegan rotundamente a vender documentos robados. Mi madre tenía una memoria prodigiosa y recordaba que yo le había hablado de la dudosa reputación de Jane Winterhall. Me dijo que volviera a Barcelona con el manuscrito y contactara de nuevo con ella para que encontrara un comprador.

Me imaginé la gracia que le habría causado a la australiana pasar de ser la dueña de un documento legítimo a venderlo junto con uno robado por una comisión que le reportaría mucho menos dinero.

—No tenía opción, ¿entiendes? Mi madre financió nuestra aventura por la Patagonia y Nueva York para salvar su propio pellejo.

—Por lo visto, no funcionó.

—No. El comprador que Winterhall consiguió para el tándem se echó atrás en el último momento. Mi madre ya le había dado una fecha de pago a sus acreedores. Winterhall se ofreció a seguir intentándolo, pero ella no podía esperar más. Entonces la australiana sugirió venderlos por separado: el manuscrito de la Patagonia al jeque, que seguramente seguiría interesado, y el de París a través de un anuncio en la *dark web*.

—¿No me has dicho que valían más juntos que por separado?

—Sí, pero para ese momento mi madre estaba desesperada. Creía que saldando al menos una parte de la deuda conseguiría más tiempo.

Entendí por qué Rebeca había accedido con tanta presteza a mostrarle el manuscrito a Samuel Chambi.

—Algo que Winterhall no anticipó fue que el jeque le daría largas con el manuscrito de la Patagonia. Supongo que, por una cuestión cultural, el hombre quería que Jane pagara por la falta de seriedad de lo que había sucedido en Bevin House.

Ariadna miró al otro lado del río. Las torres de la catedral de Notre Dame se adivinaban debajo de las grúas y redes que la seguían restaurando después del incendio.

—Mi madre creía que tenía más tiempo. Que las amenazas se volverían más intensas antes de que le hicieran algo. Pero una mañana, al salir de una de sus discotecas, una persona en moto le disparó dos veces en el pecho a tres metros de distancia.

—No sé qué decir... Lo siento por ti.

—No hace falta que digas nada. Cuando te crías viendo lo que he visto yo, sabes que tarde o temprano las cosas se torcerán.

Su voz se había quebrado. Continuamos durante unos metros en silencio hasta que ella señaló unos bares a nuestra izquierda.

—¿Puedo invitarte a un café? Hay algo más que me gustaría contarte.

Acepté y nos sentamos en la cafetería de la mítica librería Shakespeare and company, en la rue de la Bûcherie.

—Voy un momento al lavabo —me dijo—. Pídeme un café y un cruasán, por favor.

Por costumbre, en cuanto me quedé solo miré el teléfono. De los mensajes salté a Instagram de manera casi inconsciente. La primera foto que me apareció fue de Jane Winterhall frente al Taj Mahal. ¿Habría viajado a la India o estaba publicando fotos a destiempo como había hecho con las de París? Me daba igual. Recordé nuestra charla fuera de la embajada y sentí vergüenza por haberle mostrado mis vulnerabilidades. Apreté el botón para dejar de seguirla.

Cuando un camarero me preguntó en francés qué iba a tomar, me di cuenta de que la pantalla me había absorbido tanto que por un momento había olvidado que estaba en París. Pedí para mí lo mismo que para Ariadna y miré alrededor. La ciudad me parecía magnífica a pesar de las circunstancias en las que la estaba conociendo.

Ariadna volvió del baño un instante después de que llegara nuestro pedido. Nos quedamos un rato en silencio, tomando café y mirando las torres de la catedral.

—Quiero honrar el acuerdo que teníamos —me dijo—. La mitad de la venta del manuscrito de la Patagonia te pertenece.

No supe qué responder.

—Ojalá algún día logres perdonarme —añadió—. Quizá podríamos volver a cruzar juntos otro puente.

Epílogo

Peatonal, turística y una de las más concurridas de Buenos Aires, la calle Florida era un hervidero de gente aquella calurosa tarde de verano. Llevaba quinientos metros recorriéndola y en ningún momento había dejado de escuchar tango. Entre los quioscos de revistas, los caricaturistas y los vendedores ambulantes se sucedían, unas tras otras, las parejas jóvenes —hombre con traje, sombrero y pañuelo al cuello y mujer con medias de red, vestido apretado y pelo tirante— bailando piezas de Gardel, Julio Sosa o Roberto Goyeneche a cambio de unos pesos.

En el número 165 entré en una gran galería comercial en la que convivían librerías, joyerías, tiendas de comida, papelerías, ferreterías, bares, farmacias, tiendas de cosméticos y de teléfonos. Daba la sensación de que no había nada que uno pudiera necesitar que no fuera a encontrarlo allí.

De la misma manera que en Barcelona el turista despistado podía pasar frente a la entrada al Pasaje del Crédito sin darse cuenta de la joya que albergaba, quien paseara por Florida podría haber confundido la galería del número 165 con cualquier otro establecimiento comercial. Había que meterse en ella, dejando atrás los negocios de baratijas y la fachada de los años sesenta, para descubrir por qué la Galería Güemes era considerada una joya del *art nouveau* americano y un testimonio de lo pujante que había sido Argentina hacía apenas cien años.

Tras adentrarme unos cincuenta metros, se alzó sobre mí un techo inmensamente alto rematado por una cúpula de cristal. En las paredes había leones tallados en mármol y lujosos mosaicos de varios metros de altura. Las tiendas ahora ostentaban los logos de las más prestigiosas marcas internacionales.

En uno de los lados del gran vestíbulo, escoltados por enormes columnas con molduras exquisitas en los capiteles, encontré los ascensores. Eran cuatro, dos a cada lado de la escalera, y estaban enmarcados en esculturas de latón tan lustradas que parecían de oro.

En el sexto piso, una mujer me esperaba frente a la puerta número 605. Pasó casi media hora mostrándome el pequeño apartamento. Después me hizo firmar varios papeles, me entregó la llave y me dejó solo.

Me tiré en la cama mirando al techo. Aquella sería mi última noche en Buenos Aires y había querido pasarla en un lugar especial.

El manuscrito de la Patagonia se había vendido por dos millones cuatrocientos mil euros en una subasta muy mediática de la que informaron periódicos de todo el mundo. Reg Garvey no había tardado en hacernos saber, en un email con frases largas y pomposas, que por nuestra culpa habían pospuesto el documental basado en su libro hasta nuevo aviso.

Ariadna cumplió con su palabra y me dio la mitad. Aunque ustedes no me crean, no me hice rico. Después de la comisión de Caballé, a mi parte había que restarle las tajadas de Samuel Chambi y, sobre todo, de la agencia tributaria. El resultado era una suma suficiente como para invertirla y vivir modestamente sin tener que trabajar. Al principio consideré hacerlo, pero después imaginé cómo sería mi vida. Me levantaría cada mañana y tomaría clases de piano, viajaría, o me echaría panza arriba en la playa. Aunque para una temporada sonaba genial, no estaba seguro de querer hacerlo toda la vida.

Sobre todo, no habría podido ser feliz viviendo de rentas mientras mi hermana hacía malabares para que su familia llegara a fin de mes. Así que dividí el dinero en varias partes. Con una, cancelé la hipoteca de Romi y Antonio. Con otra, me compré un bonito apartamento en el barrio de Les Corts y un pequeño local en el cual instalaría mi oficina. Y con el resto abrí tres fondos de inversión, uno a nombre de cada uno de mis sobrinos.

Desde luego, no me quedé en cero. Me guardé suficiente dinero para vivir seis meses sin trabajar y hacer algunos viajes que llevaba años soñando.

El primero fue a Buenos Aires. Volver a caminar por sus calles durante el encargo de Rebeca Lafont me había causado una nostalgia preciosa. Nuestra familia se había ido de allí con rabia. A los políticos. A la inseguridad. A la inflación. Pero, como escribió Piazzolla, «las tardecitas de Buenos Aires tienen ese qué sé yo, ¿viste?». Y una de mis grandes asignaturas pendientes era volver a ese qué sé yo.

Abrí uno de los dos libros de Saint-Exupéry que había traído en la mochila. Era un compendio de cartas que el autor le había escrito a una amiga imaginaria. Al poco tiempo de llegar a Argentina, le había dicho: «Es encantador viajar, pero usted no sabe lo que se siente al ir a vivir a otro continente. Uno conserva la idea de volver y de reencontrar todo en su lugar, pero sabe que es imposible. Uno no quiere que la vida se apure tanto y que borre las huellas del pasado tan rápido».

El pasaje parecía escrito para mí. De alguna manera, me ayudaba a entender la obsesión de Ariadna con el autor. Por momentos, parecía que hablaba de tu vida.

Acababa de pasar tres semanas en la ciudad visitando rincones y, sobre todo, a amigos. El balance era agridulce. Estábamos todos dos décadas más viejos, pero conservábamos el cariño alimentado a base de recuerdos. Muchos tenían hijos. José, con apenas cuarenta y cinco, esperaba el primer nieto. Algunas parejas inseparables, como Marcial y Enrica, se habían roto. El flaco Abel había muerto en un accidente.

Se mostraron contentos de verme, pero media vida a medio mundo de distancia había dejado un vacío demasiado grande para llenar solo con viejas anécdotas. Entendí que, aunque siempre habría un lugar en mi corazón para Buenos Aires, los cimientos de mi vida estaban en Barcelona.

Me arrepentí de no haber vuelto en todo este tiempo. Como si hubiera tenido la oportunidad. De haber logrado sacar la cabeza del barro, mis primeros ahorros se habrían ido en un pasaje para verlos a ellos. Pero así como Argentina golpeó a mi familia hasta echarla del país, España se encargó de sepultarla durante veinte años en la clase media baja.

Por suerte, los vientos habían cambiado. En parte, por eso yo estaba tirado en esa cama en un pequeño apartamento dentro de una joya arquitectónica. Había decidido darme el lujo de pasar mi última noche en Buenos Aires en la misma vivienda que Antoine de Saint-Exupéry había habitado durante su año y cuatro meses allí. La misma en cuya bañera había mantenido un cachorro de foca que se trajo del sur argentino. La misma en la que había hecho el amor con Consuelo, su rosa egoísta, preciosa y que se creía terrible con cuatro espinas. Y la misma en la que, seguramente, había escrito gran parte del manuscrito de la Patagonia.

Acostado en su cama, le agradecí por haber plantado la semilla, casi cien años atrás, para que hoy mi familia pudiera por fin tener un respiro.

Me resultaba muy difícil pensar en él sin pensar en Ariadna. De alguna manera, ella era para mí la rosa que el principito admira sin lograr entender del todo. Resulta difícil entender a una flor que ha crecido en un ambiente igual de hostil que un asteroide con volcanes que llegan a la rodilla.

Busqué en la mochila el otro libro de Saint-Exupéry que llevaba conmigo. Se titulaba *Piloto de guerra*. Lo abrí en la página marcada y releí la frase que había subrayado. En ella, el autor no me hablaba a mí, sino a toda la humanidad. Solo un genio podía destilar en diez palabras el sentido de la vida.

Volví a pensar en mi familia. En mamá, en Romi, en Eva, en los gemelos, en Antonio y en Marcela. Sonreí. Me moría de ganas de abrazarlos. De compartir con ellos este tiempo de bonanza que nadie sabe cuánto durará.

Releí la frase en voz alta.

«El hombre no es más que un nudo de relaciones».

Guiado por esa máxima, hice una llamada por teléfono.

—¿Santiago? —respondió ella.

—¿Sigue en pie eso de cruzar juntos otro puente?

Agradecimientos

A Charlie Godin, de la Fundación Martin Bodmer, por responder a mis preguntas sobre manuscritos de Saint-Exupéry.

A Marta Segundo Yagüe, Celeste Cortés y Luis Paz, por compartir conmigo sus conocimientos sobre medicina, medicina forense y criminalística.

A Flora Campillo, Carlos Liévano, Renzo Giovannoni y Javier Debarnot, por leer una versión crudísima de esta historia y ayudarme a mejorarla.

A Federico Axat, a quien va dedicado este libro, porque sin su ayuda no sé qué habría pasado. Lean sus novelas.

A Nelson de Fonteyne, por compartir conmigo su vasto conocimiento sobre la Compañía General Aeropostal y los dieciséis meses que Saint-Exupéry pasó en la Argentina.

A Ana Lozano, la editora de este libro, y a todo su equipo, por las sugerencias imprescindibles y las palabras de aliento.

A Mauro, por dormir en mi pecho mientras escribía algunas de estas páginas. Y, más que nunca, a Trini, por haber sido generosa con su tiempo para que yo pudiese terminar la novela.

Nota al lector

¡Muchísimas gracias por leerme! Espero que hayas disfrutado con esta historia. Si ha sido así, me tomo el atrevimiento de pedirte que me ayudes a llegar a más lectores compartiendo tu opinión. Podés hacerlo hablando del libro con personas de carne y hueso, publicando algo en redes sociales o, si lo compraste por internet, dejando una reseña en la web donde lo hayas adquirido. A vos solo va a llevarte un minuto, pero el impacto positivo que tiene para mí es enorme.

Por último, me gustaría invitarte a formar parte de mi círculo más cercano de lectores dándote de alta en mi lista de correo. La uso para enviar cuentos inéditos, adelantar capítulos, compartir escenas extras de mis libros que quedaron fuera de la versión final y avisar cuando publico algo nuevo. No suelo escribir más de un correo por mes, así que no te preocupes porque no te voy a llenar la bandeja de entrada (y nada de SPAM, lo prometo). Para darte de alta, encontrarás un botón en mi página web: cristianperfumo.com.

Una vez más, gracias por estar ahí. Leyéndome, le das sentido a lo que hago.

«Para viajar lejos no hay mejor nave que un libro».

EMILY DICKINSON

Gracias por tu lectura de este libro.

En **penguinlibros.club** encontrarás las mejores
recomendaciones de lectura.

Únete a nuestra comunidad y viaja con nosotros.

penguinlibros.club